아픈건 싫으니까
방어력에 올인하려고 합니다.

9

미이
Mii's STATUS

Lv86

HP 635/635

MP 1740/1740

[STR 20]

[VIT 70]

[AGI 85]

[DEX 30]

[INT 150]

아픈 건 싫으니까 방어력에 올인하려고 합니다.

[글] 유우미칸

[일러스트] 코인

9

Welcome to
"NewWorld Online".

CONTENTS

All points are divided to VIT.
Because
a painful one isn't liked.

✠ 프롤로그   방어 특화와 이벤트 본선.   020 ✠

✠ 1장   방어 특화와 인형 퇴치.   023 ✠

✠ 2장   방어 특화와 거점 만들기.   051 ✠

✠ 3장   방어 특화와 새 콤비.   063 ✠

✠ 4장   방어 특화와 동맹.   112 ✠

✠ 5장   방어 특화와 새 파티.   150 ✠

✠ 6장   방어 특화와 대결전.   184 ✠

✠ 단편 모음   213

✠ 후기   248

NewWorld Online STATUS ‖ GUILD 단풍나무

‖ NAME 메이플 ‖ Maple　LV 60

HP 200/200　MP 22/22

PROFILE
강하고 튼튼한 방패 유저

게임 초심자였지만 방어력에 모든 능력치를 투자해 어떤 공격에도 대미지가 뜨지 않는 단단한 방패 유저가 되었다. 뭐든지 즐길 수 있는 솔직한 성격으로, 종종 엉뚱한 발상으로 주위를 놀라게 한다. 전투에서는 온갖 공격을 무효화하고 강력한 카운터 스킬을 퍼붓는다.

STATUS
[STR] 000　[VIT] 15180　[AGI] 000
[DEX] 000　[INT] 000

EQUIPMENT
‖ 초승달 skill 히드라　‖ 어둠의 모조품 skill 악식

‖ 흑장미의 갑옷 skill 흘러나오는 혼돈

‖ 인연의 가교　‖ 터프니스 링

‖ 생명의 반지

SKILL
【실드 어택】【몸놀림】【공격 피하기】【명상】【도발】【고무】【헤비 보디】

【HP강화(소)】【MP강화(소)】【심록의 가호】

【대형 방패의 소양Ⅵ】【커버 무브Ⅳ】【커버】【피어스 가드】【카운터】【퀵체인지】

【절대방어】【극악무도】【자이언트 킬링】【히드라 이터】【봄 이터】【쉽 이터】

【불굴의 수호자】【사이코 키네시스】【포트리스】【헌신의 자애】【기계신】【고독의 주법】【얼어붙는 대지】

【백귀야행Ⅰ】【천왕의 옥좌】【명계의 인연】【결정화】【대분화】【불괴의 방패】

TAME MONSTER
‖ Name 시　럽　높은 방어력을 자랑하는 거북이 몬스터.

【거대화】【정령포】【대자연】 etc.

NewWorld Online STATUS ‖ GUILD 단풍나무

‖ NAME 사 리　‖ Sally　LV **60**

HP 32/32　MP 130/130

PROFILE
절대 회피의 암살자

메이플의 절친이자 파트너. 똑부러진 소녀. 친
구를 잘 챙기고, 메이플과 함께 게임을 즐기려
고 한다. 전투 스타일은 경장비 단검 이도류
로, 경이로운 집중력과 컨트롤 실력으로 온갖
공격을 회피한다.

STATUS
〔STR〕125　〔VIT〕000　〔AGI〕170
〔DEX〕045　〔INT〕060

EQUIPMENT
‖ 심해의 대거　‖ 해저의 대거
‖ 수면의 머플러 skill 신기루
‖ 대해의 코트 skill 대해
‖ 대해의 옷
‖ 죽은 자의 발 skill 황천으로 가는 걸음
‖ 인연의 가교

SKILL
【질풍 베기】【디펜스 브레이크】【고무】
【다운 어택】【파워 어택】【스위치 어택】【핀포인트 어택】
【연격검Ⅴ】【체술Ⅷ】【불 마법Ⅲ】【물 마법Ⅲ】【바람 마법Ⅲ】【흙 마법Ⅲ】【어둠 마법Ⅲ】【빛 마법Ⅲ】
【근력강화(대)】【연속공격 강화(대)】
【MP강화(중)】【MP컷(중)】【MP회복속도강화(중)】【독 내성(소)】【채집속도강화(소)】
【단검의 소양Ⅹ】【마법의 소양Ⅲ】
【상태이상 공격Ⅷ】【기척 차단Ⅲ】【기척 감지Ⅱ】【발소리 죽이기Ⅰ】【도약Ⅴ】【퀵체인지】
【요리Ⅰ】【낚시】【수영Ⅹ】【잠수Ⅹ】【털 깎기】
【초가속】【고대의 바다】【추인】【잔재주꾼】【검무】【매미 허물】【웹 슈터Ⅶ】【얼음 기둥】【빙결영역】
【명계의 인연】【대분화】【물 조종술Ⅳ】

TAME MONSTER
‖ Name 오보로　다채로운 스킬로 적을 농락하는 여우 몬스터
【순영】【그림자 분신】【구속결계】 etc.

NewWorld Online STATUS ‖ GUILD 단풍나무

‖ NAME 크롬 ‖ Kuromu LV 80

HP 940/940 MP 52/52

PROFILE
쓰러지지 않는 좀비 탱커

NWO에서 초반부터 이름이 알려진 상위 플레이어. 남들을 잘 돌봐주고 믿음직한 형 같은 존재. 메이플과 같은 방패 유저로, 어떤 공격에도 50% 확률로 HP 1을 남기고 버틸 수 있는 유니크 장비과 풍부한 회복 스킬이 어우러져 끈질기게 전선을 유지한다.

STATUS
⌈STR⌋ 135　⌈VIT⌋ 175　⌈AGI⌋ 040
⌈DEX⌋ 030　⌈INT⌋ 020

EQUIPMENT
‖ 참수 skill 생명포식 (라이프 이터)　‖ 원령의 벽 skill 흠혼 (소울 드레인)
‖ 피투성이 해골 skill 영혼포식 (소울이터)
‖ 피로 물든 하얀 갑옷 skill 영혼포식 (소울이터)
‖ 강건의 반지　‖ 철벽의 반지
‖ 인연의 가교

SKILL
【돌진 찌르기】【속성검】【실드 어택】【몸놀림】【공격 피하기】【대방어】【도발】
【철벽체제】
【방벽】【아이언 보디】【헤비 보디】
【HP강화(대)】【HP회복속도강화(대)】【MP강화(중)】【심록의 가호】
【대형 방패의 소양Ⅹ】【방어의 소양Ⅹ】【커버 무브Ⅹ】【커버】【피어스 가드】【카운터】
【가드 오라】【방어진형】【수호의 힘】【대형 방패의 극의Ⅶ】【방어의 극의Ⅵ】
【독 무효】【마비 무효】【스턴 무효】【수면 무효】【빙결 무효】【화상 내성(대)】
【채굴Ⅳ】【채집Ⅶ】【털깎기】
【정령의 빛】【불굴의 수호자】【배틀 힐링】【사령의 진흙】【결정화】【활성화】

TAME MONSTER
‖ Name 네크로　몸에 걸치면 진가를 발휘하는 갑옷형 몬스터
【유령갑옷 장착】【충격반사】 etc.

NewWorld Online STATUS ‖ GUILD 단풍나무

‖ NAME 이 즈 ‖ Iz   LV **66**

HP 100/100   MP 100/100

PROFILE
초일류 생산직

제작에 강한 애착과 긍지가 있는 생산 특화형 플레이어. 게임에서 마음대로 옷, 무기, 갑옷, 아이템 등을 만들 수 있다는 것에 매력을 느낀다. 전투에는 최대한 엮이지 않으려는 스타일이었지만, 최근에는 아이템으로 공격과 지원을 담당하기도 한다.

STATUS
〔STR〕045 〔VIT〕020 〔AGI〕080
〔DEX〕210 〔INT〕080

EQUIPMENT
‖ 대장장이의 해머

‖ 연금술사의 고글 skill 심술쟁이 연금술

‖ 연금술사의 롱코트 skill 마법공방

‖ 대장장이의 레깅스 X

‖ 연금술사의 부츠 skill 새로운 경지

‖ 포션 파우치   ‖ 아이템 파우치

‖ 인연의 가교

SKILL
【스트라이크】

【생산의 소양Ⅹ】【생산의 극의Ⅹ】

【강화성공확률강화(대)】【채집속도강화(대)】【채굴속도강화(대)】

【생산개수증가(대)】【생산속도강화(대)】

【상태이상공격Ⅲ】【발소리 죽이기Ⅴ】【멀리보기】

【대장Ⅹ】【재봉Ⅹ】【재배Ⅹ】【조합Ⅹ】【가공Ⅹ】【요리Ⅹ】【채굴Ⅹ】【채집Ⅹ】【수영Ⅵ】【잠수Ⅶ】

【털깎기】

【대장장이 신의 가호Ⅹ】【관찰안】【특성부여Ⅳ】【식물학】【광물학】

TAME MONSTER
‖ Name 페 이   아이템 제작을 지원하는 정령

【아이템 강화】【리사이클】 etc.

NewWorld Online STATUS ‖ GUILD 단풍나무

‖ NAME 카스미 ‖ Kasumi LV **76**

HP 435/435　MP 70/70

PROFILE
고고한 소드 댄서

솔로 플레이어로서도 높은 실력을 지닌 여성 칼잡이 플레이어. 한 발 물러서서 생각할 수 있는 차분한 성격으로 상식을 벗어난 메이플, 사리 콤비에게 언제나 놀람을 금치 못한다. 전황에 따라 다양한 도(刀) 스킬을 전개하며 싸운다.

STATUS

⌈STR⌉ 205　⌈VIT⌉ 080　⌈AGI⌉ 090
⌈DEX⌉ 030　⌈INT⌉ 030

EQUIPMENT

‖ 자해의 요도 · 유카리　‖ 분홍색 머리장식
‖ 벚꽃의 옷　‖ 보라색 하카마
‖ 사무라이의 각반　‖ 사무라이의 토시
‖ 금 허리띠　‖ 벚꽃 문장
‖ 인연의 가교

SKILL

【일섬】【투구 쪼개기】【가드 브레이크】【후리기】【간파】【고무】【공격체제】
【도술Ⅹ】【일도양단】【투척】【파워 오라】【갑옷 베기】
【HP강화(대)】【MP강화(중)】【공격강화(중)】【독 무효】【마비 무효】【스턴 내성(대)】【수면 내성(대)】
【빙결 내성(중)】【화상 내성(대)】
【장검의 소양Ⅹ】【도의 소양Ⅹ】【장검의 극의Ⅴ】【도의 극의Ⅶ】
【채굴Ⅳ】【채집Ⅵ】【잠수Ⅴ】【수영Ⅵ】【도약Ⅶ】【털깎기】
【멀리보기】【불굴】【검기】【용맹】【괴력】【초가속】【전장의 마음가짐】【심안】

TAME MONSTER

‖ Name 하 쿠　안개 속에서 기습하는 것이 특기인 흰 뱀.
【초거대화】【마비독】etc.

‖NAME 카 나 데 ‖Kanade LV **52**

HP 335/335 MP 250/250

PROFILE
자유분방 천재 마술사

중성적 용모, 엄청난 기억력을 지닌 천재 플레이어. 그 두뇌 때문에 다른 사람들과의 교류를 피하는 타입이었지만, 순진무구한 메이플과는 마음을 터놓고 친해졌다. 사전에 다양한 마법을 마도서로 저장해 놓을 수 있다.

STATUS
[STR] 015 [VIT] 010 [AGI] 090
[DEX] 050 [INT] 110

EQUIPMENT
‖ 신들의 지혜 skill 아카식 레코드 신 계 서 고
‖ 다이아 뉴스보이캡Ⅷ
‖ 지혜의 코트Ⅵ ‖ 지혜의 레깅스Ⅷ
‖ 지혜의 부츠Ⅵ
‖ 스페이드 이어링
‖ 마도사의 글러브 ‖ 인연의 가교

SKILL
【마법의 소양Ⅷ】【고속영창】
【MP강화(중)】【MP컷(중)】【MP회복속도강화(대)】【마법위력강화(중)】【심록의 가호】
【불 마법Ⅶ】【물 마법Ⅴ】【바람 마법Ⅶ】【흙 마법Ⅴ】【어둠 마법Ⅲ】【빛 마법Ⅶ】
【마도서고】【사령의 진흙】
【마법융합】

TAME MONSTER
‖ Name 소 우 플레이어의 능력을 복사할 수 있는 슬라임
【의태】【분열】 etc.

NewWorld Online STATUS ▌GUILD 단풍나무

▌NAME **마 이** ▌Mai

LV **48**

HP 35/35 MP 20/20

PROFILE
쌍둥이 침략자

메이플이 데려온 공격 올인 초심자 플레이어
쌍둥이 자매. 유이의 언니로, 다른 사람들의
도움이 되고자 애쓰고 있다. 게임 내 최고봉의
공격력을 가지고 이도류 망치로 근거리 적을
분쇄한다.

STATUS
[STR] 490 [VIT] 000 [AGI] 000
[DEX] 000 [INT] 000

EQUIPMENT

▌파괴의 검은 망치X
▌블랙돌 드레스X
▌블랙돌 드레스X
▌블랙돌 타이츠X
▌작은 리본 ▌실크 글러브
▌인연의 가교

SKILL

【더블 스탬프】【더블 임팩트】【더블 스트라이크】
【공격강화(대)】【대형망치의 소양X】
【투척】【비격】
【침략자】【파괴왕】【자이언트 킬링】【디스트로이 모드】

TAME MONSTER

▌Name **츠키미** 검은 털이 특징인 곰 몬스터
【파워 쉐어】【브라이트 스타】 etc.

NewWorld Online STATUS ‖ GUILD 단풍나무

‖NAME 유 이 ‖Yui LV 48

HP 35/35 MP 20/20

PROFILE
쌍둥이 파괴왕

메이플이 데려온 공격 올인 초심자 플레이어 쌍둥이 자매. 마이의 동생으로, 마이보다 적극적이고 회복이 빠르다. 게임 내 최고봉의 공격력을 가지고 이즈가 만든 쇠구슬을 던져서 원거리 적을 분쇄한다.

STATUS
〖STR〗 490 〖VIT〗 000 〖AGI〗 000
〖DEX〗 000 〖INT〗 000

EQUIPMENT

‖ 파괴의 하얀 망치 X
‖ 화이트돌 드레스 X
‖ 화이트돌 타이츠 X
‖ 화이트돌 슈즈 X
‖ 작은 리본 ‖ 실크 글러브
‖ 인연의 가교

SKILL
【더블 스탬프】【더블 임팩트】【더블 스트라이크】
【공격강화(대)】【대형망치의 소양 X 】
【투척】【비격】
【침략자】【파괴왕】【자이언트 킬링】【디스트로이 모드】

TAME MONSTER
‖ Name 유키미 하얀 털이 특징인 곰 몬스터
【파워 쉐어】【브라이트 스타】 etc.

NewWorld Online STATUS ‖ GUILD 집결의 성검

OUTLINE
명실공히 No.1의 최강 길드

정상급 실력을 갖춘 플레이어들이 모인 대규모 길드로, 제4회 이벤트인 길드 대항전에서
당당히 1위를 획득했다. 계층 공략의 최전선에 서며, 플레이어들도 한 수 접고 들어간다.

Guild Member

‖NAME 페인

제1회 이벤트에서 1위를 차지한 뒤로 지금도 여전히 최고봉의 실력을 유지
하고 있는 톱 플레이어. 제4회 이벤트에서는 그 공격력으로 메이플을 아슬아
슬한 구석까지 몰아붙였다.

TAME MONSTER
‖ Name 레 이   은색 비늘을 가진 드래곤

‖NAME 드레드

[신속]이라는 별명을 가진 스피드 타입 단검 유저. 제1회 이벤트에서는 2위
였고, 사리와 마찬가지로 재빠른 움직임으로 적을 희롱하며 싸운다.

TAME MONSTER
‖ Name 섀도우   그림자에 숨은 늑대

‖NAME 프레데리카

온갖 마법을 다중화하여 사용하는 마법사. 그 특성을 살려 공격·방어·지
원을 폭넓게 다룬다. 느긋한 말투와는 반대로 지기 싫어하는 일면이 있어 사
리에게 라이벌 의식을 불태운다.

TAME MONSTER
‖ Name 노 츠   작고 노란 새

‖NAME 드라그

거대한 도끼와 투박한 갑옷을 장비한 파워 파이터. 제1회 이벤트에서 5위에
드는 실력을 가졌으며, 도끼를 내리치면 대지가 갈라진다.

TAME MONSTER
‖ Name 어 스   바위로 된 골렘

OUTLINE

미이에게 충성을 맹세하는, 조직력이 강한 길드

카리스마적 존재인 [염제] 미이의 아래에서 길드 멤버가 굳건히 단결한 것이 특징. 미이의 압도적인 화력을 최대한으로 살리기 위해 각자가 전선 유지나 회복 지원 등 주어진 역할을 해낸다.

Guild Member

NAME 미이

스킬 [염제]를 보유한 화염 특화형 마법사. 초 고위력에 걸보기에도 화려한 큰 기술을 연발하는 반면 MP 소비가 격심하다. 늠름한 리더상을 연기하고 있을 뿐, 실은 귀여운 것을 아주 좋아한다.

TAME MONSTER

‖ Name 이그니스 ▌ 화염을 두른 불사조

NAME 마르크스

수많은 함정을 원격설치해 적을 방해하는 트랩퍼. 매우 조심스러운 성격으로, 함정 설치 장소를 판별하는 힘은 길드 멤버들도 한 수 위라고 인정하고 있다.

TAME MONSTER

‖ Name 클리어 ▌ 모습을 지울 수 있는 카멜레온

NAME 미저리

미이를 떠받치는 힐러로 MP 양도와 소생, 범위회복 등 우수한 스킬을 다수 보유하고 있다. 그 역할 때문에 길드 멤버들에게 [성녀]로 추앙받고 있다.

TAME MONSTER

‖ Name 베르 ▌ 털이 긴 하얀 고양이

NAME 신

검 하나를 여러 개의 다른 검으로 분열시켜 공격하는 [붕검]이라는 독특한 전투 스타일을 가지고, 그 많은 공격 횟수로 적을 압도한다. 카스미와는 서로 라이벌 관계.

TAME MONSTER

‖ Name 웬 ▌ 바람을 조종하는 매

2층

NWO 서비스 개시로부터 3개월이 지나서 업데이트로 추가된 계층. 1층에서 계층 보스를 격파하면 왕래할 수 있게 되며 숲이나 광산·황무지 등 다양한 구역이 플레이어를 기다린다. NPC와 퀘스트도 풍부하게 설정되어 있어서 그중에는 보상으로 엄청난 스킬을 입수할 수 있는 것도 있다!

사리가 스킬【초가속】을 취득했습니다

제2회 이벤트

이벤트 지역 곳곳에 숨겨진 메달 300개를 모으는 탐색형 이벤트. 메이플과 사리는 둘이서 이 이벤트를 공략하던 와중에 카스미와 카나데, 시럽과 오보로 등 이후로도 함께 플레이하게 되는 소중한 동료들과 만난다.

그리고 제2회 이벤트 종료 후에는 길드 시스템이 추가되어 메이플도 길드【단풍나무】를 설립하고 개성이 넘치는 길드 멤버들과 함께 2층에서 더욱 파워업해 나간다!

크롬이 유니크 시리즈를 획득했습니다

메이플이 스킬【헌신의 자애】를 취득했습니다

메이플이 스킬【흘러나오는 혼돈】을 취득했습니다

카나데가 스킬【마도서고】를 취득했습니다

제3회 이벤트

필드에 나타나는 기간 한정 몬스터를 해치우고 그 몬스터가 떨어뜨리는 드롭 아이템을 모으는 이벤트. 이즈가 공들여 만든 양털 장비가 소개되었다.

『NewWorld Online』

계층 소개

1층

NWO의 플레이어들을 맞이하는 판타지 세계의 입구. 맑디맑은 파란 하늘과 웅대한 자연이 플레이어를 모험으로 이끈다. 초심자용 쉬운 계층일까 싶지만 사실은 고난이도 던전도 몇 곳

인가 설치되어 있다.

메이플이 스킬 【절대방어】를 취득했습니다.

메이플과 사리도 당연히 이 1층에서 시작해 지금의 플레이 스타일의 기초를 쌓았다.

메이플이 스킬 【히드라】를 취득했습니다.

제1회 이벤트
NWO의 첫 이벤트는 다수의 플레이어가 참전해서 펼치는 배틀로얄. 메이플은 노대미지로 2천 명이 넘는 플레이어를 격파하고 초심자이면서도 이벤트 3위로 화려한 데뷔를 장식했다.

제5회 이벤트
필드에 나타난 네 종류의 몬스터를 잡고 포인트를 모으는 탐색형 이벤트. 크리스마스 시즌이기도 해서 랜덤으로 '선물 상자' 라는 아이템이 드롭되었다.

카스미가 [자해의 요도-유카리-]를 획득했습니다

메이플이 스킬 [백귀야행]을 취득했습니다

5층

보이는 곳이 모두 폭신폭신한 구름으로 된 천상의 낙원과도 같은 계층. 던전과 몬스터에 이르기까지 구름으로 설계되었다. 입체 구조로 된 곳이 많고 바닥도 불안정하므로 주의가 필요. 숨겨진 보스로 [빛의 왕]이라는 적이 출현하지만 메이플의 절대방어와 마이 · 유이의 압도적인 공격력 앞에 패배하고 사라졌다……

사리가 스킬 [웹 슈터]를 취득했습니다

제6회 이벤트
HP 회복이 금지된 정글을 무대로 한 탐색형 이벤트. 메이플이 좋은 라이벌이 된 페인과 함께 싸우며 그 방어력을 선보이는 한편, 사리도 새로운 스킬을 획득해 이동력을 갈고닦는다.

메이플이 스킬 [천왕의 옥좌]를 취득했습니다

흐린 하늘로 뒤덮인 기계와 도구의 세계. 지금까지의 계층과는 세계관이 크게 달라지는 데다 필드의 고저차가 무척 심하다! 그래서 이동수단으로 비행 아이템이 추가되었다! 마을 중심에 있는 건물에는 기계신이 있다는 일화가 있어서 메이플은 그 일화에 얽힌 이벤트에 휘말린다.

메이플이 스킬 【기계신】을 획득했습니다

이즈가 유니크 시리즈를 획득했습니다

제4회 이벤트
크고 작은 여러 길드가 펼치는 오브 쟁탈전. 제1회 이벤트 1위인 페인이 이끄는 【집결의 성검】과 압도적인 카리스마를 자랑하는 화염술사 미이가 이끄는 【염제의 나라】 등 대규모 길드가 패권을 다투는 가운데, 8명밖에 안 되는 【단풍나무】는 그들과의 직접 대결을 피하고 이벤트 3위를 차지하는 쾌거를 이루었다.

치열했던 제4회 이벤트로부터 한 달하고도 조금이 지나 도입된 새 지역! 이곳은 붉고 푸른 두 개의 만월이 뜨는 영원한 밤의 땅으로 목조 건축물이 늘어선 일본풍 세계관이다! 이곳의 마을 중앙으로 가려면 전용 허가증을 가지고 기둥문을 넘어야 한다! 이런 세계관에 사족을 못 쓰는 카스미가 가만히 있을 수 없는 지역! 그래서 카스미가 가장 빠르게 마을 중심부에 도달하여 요괴들이 활보하는 주술의 마을로 모습을 바꾸었다.

몬스터와 관계를 맺는다. 한편 메이플과 사리도 오래도록 함께 여행해 온 시럽과 오보로에게 진화 이벤트가 발생해서 그 성장을 기뻐한다.

To be continued...

제8회 이벤트

예선과 본선 2단계로 구성된 이벤트로, 먼저 예선에서는 이벤트 필드에서 '몬스터 격파 숫자'와 '1킬까지 걸린 시간'을 두고 경쟁한다. 그리고 그 결과에 따라 본선 필드의 난이도와 이벤트 보상이 변경된다. 【단풍나무】 멤버들은 무사히 모두가 최고 난이도 필드에 진출했고, 강호 길드들도 본선 개시를 앞두고 강한 의욕을 보이고 있었다.

6층

플레이어들 앞에 늘어선 것은 낡은 묘표와 황야. 어둑어둑하고 약간 안개가 낀 불길한 지역이다. 이 계층에서는 각 층에 설치된 길드 홈의 겉모습도 폐가로 바뀐다. 나오는 몬스터도 유령이나 언데드뿐이라 무서운 것을 질색하는 사리는 빠르게 로그아웃하기로 결심한다. 메이플은 중간에 포기한 사리를 위해 혼자서 탐색을 시작한다.

제7회 이벤트

10층짜리 탑을 오르는 던전 공략 타입 이벤트. 난이도를 설정할 수 있어서 그에 따라 보상으로 받을 수 있는 메달의 개수도 달라진다. 메이플과 사리는 단둘이서 최고 난이도 노대미지 공략을 시작한다.

사리가 스킬 [물 조종술]을 획득했습니다

7층

기분 좋은 바람이 부는 초원을 비롯해 화산과 설산·하늘에 뜬 섬 등 다양한 지형이 플레이어를 맞이하는 지역. 최대의 특징은 이 지역의 몬스터를 동료로 만들 수 있다는 것. 아직 테이밍 몬스터를 손에 넣지 않은 [단풍나무] 멤버들은 각자의 플레이 스타일에 맞춰 개성이 풍부한

프롤로그 방어 특화와 이벤트 본선.

제8회 이벤트 예선에서 메이플이 이끄는【단풍나무】는 목표대로 모두가 함께 본선 최고 난이도 참가권을 얻는 데 성공했다.

하지만 보스가 나타났나 착각하게 할 만큼 광역 공격을 날린 메이플, 카스미, 이즈 등 너무 눈에 띄는 전투를 한 멤버들과 착실하게 포인트를 쌓으면서 상위에 들어간 사리 등, 예선에서 싸운 모습은 각자 크게 달랐다. 예선에서는 본선과 달리 각 개인의 PVP 요소가 있어서 단독으로는 생존능력이 떨어지는 공격 올인조 마이와 유이는 위험한 상황도 있었지만, 테이밍 몬스터의 힘을 빌려 위기를 잘 넘겨 일단 안심한 듯했다.

그러나 어디까지나 예선은 예선. 이제부터가 진짜로 성과를 내야 하는 이벤트 본선이다. 본선은 예선과는 달리 처음에 참가를 신청한 파티가 한꺼번에 이벤트 필드로 전이된다.

메이플 일행의 본선 목표는 이벤트 3일간 생존해서 메달 다섯 개를 손에 넣는 것. 그리고 그와는 별개로 던전을 공략하여 입수할 수 있는 메달을 모으는 것이다. 던전을 찾으러 파티를 나눠서 탐색해도 되고, 생존을 위해 파티 멤버가 항상 뭉쳐서 방어를 굳혀도 되는 이벤트였다.

하지만 처음에 파티 멤버 모두가 함께 있을 수 있다는 것은 든든한 일이다. 【단풍나무】에는 【헌신의 자애】로 동료의 생존율을 비약적으로 올릴 수 있는 메이플이 있으니 더욱 그렇다. 게다가 이번에는 지금까지의 탐색 이벤트와 다르게 메이플 일행 말고도 전투를 지원해 주는 테이밍 몬스터가 있다.

마이와 유이에게는 거대화하여 두 사람을 태울 수도 있으며 빛과 별이 생각나는 공격을 하는 곰 츠키미와 유키미. 카스미에게는 【초거대화】 스킬로 덩치를 키워 빼어난 스테이터스로 공격하는 것이 특기인 흰 뱀 하쿠. 이즈에게는 각 속성으로 변화하면서 스킬이 달라지거나 아이템을 강화할 수 있는 빛 덩어리 같은 모습의 정령 페이. 크롬에게는 본인이 몸에 둘러서 형태를 바꾸면서 공격과 방어를 지원할 수 있는 언데드 갑옷 몬스터 네크로. 카나데에게는 플레이어의 모습과 스킬을 복사하는 특성을 가진 투명한 슬라임 소우가 있다.

8층에서 각자 특성에 맞는 테이밍 몬스터를 동료로 삼은 【단풍나무】는 만반의 준비를 갖추었다.

예선에서도 멤버들을 든든하게 지원하고 활약한 테이밍 몬스터들이 있다면 이벤트 필드 전투가 더욱 안정적일 것이다. 그리고 스킬이 늘어나면 단순하게 전투의 폭을 넓힐 수도 있으므로 분산되어도 어느 정도 전력을 확보할 수 있는 셈이다.

그리하여【단풍나무】멤버 여덟 명은 마침내 시작되는 본선에 기대와 불안을 가슴에 품고서 파트너인 테이밍 몬스터와 자기 자신의 레벨업, 스킬 찾기에 힘쓰고 있었다.

1장 방어 특화와 인형 퇴치.

  메이플 일행이 각각 파트너 몬스터의 레벨을 올리며 하루하루를 보내는 사이 마침내 본선이 시작되는 날이 다가왔다. 모두가 마지막으로 방침을 확인하면서 필드로 전이할 때를 기다린다.

  여덟 명이 도전하는 것은 최고 난이도 필드이며, 마지막까지 생존하면 은메달 다섯 개를 손에 넣을 수 있다.

  개시 시각 전에 【단풍나무】 멤버들은 길드 하우스에서 마지막 회의를 하고 있었다.

  "필드 몬스터를 해치우면 따로 메달을 더 입수할 수 있는 것 같으니까, 살아남기만 하는 게 아니라 더 많이 모으고 싶은걸. 본선 시스템을 생각해도…… 쭉 같이 있을지, 리스크를 감수하고 따로따로 몬스터를 잡을지 선택하라는 뜻일 테고."

  사리의 말대로 추가로 메달을 모을 수 있다면 그만큼 전력 강화로 이어진다. 그리고 본선 필드에서 입수한 메달은 파티원들에게 분배된다. 예를 들어 메이플이 메달을 하나 입수하면 다른 일곱 명에게도 하나씩 추가된다.

여덟 명이 흩어져서 각자 강력한 몬스터를 해치운다면 메달을 많이 구할 수 있지만, 사망하는 바람에 살아남았을 때 받을 수 있는 메달을 줄어들 가능성도 그만큼 커진다.

　"강력한 몬스터가 나오는 시간이 있다고 해. 그 타이밍에 모이고, 기본적으론 흩어져 있는 편이 소득이 더 많겠지."

　"그래. 살아남는 것도 중요하지만. 기왕이면 팍팍 벌고 싶단 말이지!"

　"뭐, 흩어진다 해도 우리의 상성을 생각하면 반으로 나누는 게 최선일까."

　카나데의 말에 모두가 찬성해서, 메이플, 사리, 마이, 유이와 카나데, 이즈, 크롬, 카스미로 네 명씩 팀을 나누었다.

　극단적으로 나눈 것처럼 보이지만, 갑자기 기습당해 대미지를 받았을 때 한 방에 죽는 세 사람과 메이플이 같은 팀을 짜는 게 생존율이 오르기 때문에 팀 나누기는 순식간에 끝났다.

　"본선도 힘내자, 언니!"

　"응, 유이도."

　"슬슬 시간이 됐을까? ……말하기 무섭게 전이하나 보네."

　"좋아ー! 다들, 마지막까지 살아남자ー!"

　메이플이 마지막으로 그렇게 말하며 꽉 쥔 주먹을 번쩍 쳐들고 나머지 일곱 명이 호응하는 가운데, 【단풍나무】 멤버들은 빛에 감싸여 전이했다.

【단풍나무】멤버 여덟 명을 감싼 빛이 사라지고, 예선 때와 같은 필드에 배치되었다.

【단풍나무】의 초기 위치는 주위에 온통 모래와 바위밖에 없는, 사막이라고도 황무지라고도 할 수 있는 장소였다.

"전망이 좋아서 다행이야. 주위에 플레이어는 없나……."

"그래, 그런데 바로 행차하셨어!"

주위의 모래가 크게 파도치더니 모래 속에서 여덟 명을 한꺼번에 집어삼킬 수 있을 듯한 입을 가진 거대한 웜이 잇달아 모습을 드러낸다. 웜들은 메이플 일행을 감지하고는 그대로 커다란 아가리를 벌리고 단숨에 머리를 들이댔다.

"좋아—! 【헌신의 자애】!"

메이플이 모두를 지키기 위해 스킬을 발동하고 피어오르는 모래먼지 속에서 모든 공격을 받아내 무력화한다. 그 와중에 일행이 각자 테이밍 몬스터를 불러내 단숨에 공세에 나선다.

"설치하고 있을 시간이 없네……. 페이, 【아이템 강화】!"

이즈가 강화한 공격력 상승 아이템을 지면에 내던지자 붉은 빛이 여덟 명을 감쌌다.

자신에게 버프가 걸린 것을 확인하자마자 마이와 유이가 거대화시킨 테이밍 몬스터에 올라타고 뛰쳐나간다.

전원이 모인 상태에서 메인 딜러를 맡는 것은 두 사람이다.

""【파워 쉐어】! 【브라이트 스타】!""

마이와 유이의 지시에 따라 츠키미와 유키미에게서 구슬 형태의 이펙트가 터지고 접근하던 웜 전부에게 큰 대미지를 주었다. 그래도 아직 HP가 많이 남은 것을 보면 역시나 최고 난이도라 할 만했다.

"놓칠쏘냐, 카스미! 사리!"

"그래! 【혈도(血刀)】! 하쿠, 【초거대화】, 【마비독】!"

"오보로! 【구속결계】!"

카스미의 곁에 있던 하쿠가 급격하게 몸집을 키우고 날렵한 움직임으로 스턴에 걸린 웜을 졸라서 마비시켜 움직임을 봉한다. 오보로도 똑같이 한 마리의 움직임을 멎게 한다.

"네크로, 【죽음의 불꽃】!"

그리고 움직임이 멈췄을 때 네크로를 걸친 크롬에게서 불꽃이 뿜어져 나와 피해를 가속시킨다. 그러자 마이와 유이가 츠키미와 유키미와 함께 마구 때리고 있던 웜이 버티지 못하고 터지고, 나머지 웜은 불리하다는 걸 깨달았는지 모래에 파고들어 도망친다.

다시 모래먼지가 날리고, 먼지가 가라앉았을 때는 필드에 정적이 찾아와 있었다.

"오오-! 굉장해! 몬스터들 다 세다!"

"전부 해치우진 못했지만…… 메이플 씨가 지켜주셔서 싸우기 편했어요."

"저랑 언니가 공격했던 몬스터 말고도 다 죽었고, 모두 엄청 세네요!"

유이가 그렇게 말하고 마이와 함께 존경하는 눈빛으로 모두를 보자, 공격했던 사리, 카스미, 크롬이 이상하다는 얼굴을 했다.

"응? 아니, 나는 별로 느낌이 안 오는데."

"그래, 나도다. 분명히 하쿠는 공격력이 높다만⋯⋯."

"후후후⋯⋯ 소우! 이쪽이야, 이쪽."

이상하다는 듯한 멤버들을 보고 카나데가 우습다는 듯이 웃더니 소우를 부른다. 【초거대화】한 카스미의 흰 뱀, 하쿠의 그늘에서 나타난 것은 하얀 머리가 일부만 핑크색이고 프릴과 리본이 잔뜩 달린 드레스를 입은, 유이와 완전히 똑같은 모습을 한 소우였다.

"어!? 나, 나!?"

"그래. 그 공격력을 조금 빌렸어. 역시 굉장한 위력이었어."

소우는 스킬로 유이의 모습과 스테이터스를 반영한 상태로 행동하고 있었다. 의태한 원본이 유이라면 그 공격력도 엄청나다.

"오, 카나데의 테이밍 몬스터도 세구나. 전략의 폭이 넓어지겠는데⋯⋯."

"하지만. 아, 시간이 끝났나 봐."

카나데가 그렇게 말하자 유이의 모습을 하고 있던 소우가 빛에 감싸여 투명한 슬라임으로 돌아가 버렸다.

"계속 유지되는 것도 아니고 쿨타임도 길지만, 재밌지? 직전에 기억시킨 파티 멤버나 테이밍 몬스터로 변신할 수 있어."

그렇다면 카나데 팀의 공격 능력도 문제없으리라 생각하며
네 사람은 새삼 주위를 둘러본다.

"아! 사리, 메달 안 떨어졌을까?"

"음, 잠깐 찾아볼게."

웜을 해치운 부근을 사리가 조사했지만, 딱히 그럴싸한 것은
발견되지 않았다.

보통 필드에서는 보스여도 이상하지 않을 만큼 강했지만, 아
무래도 이 이벤트에서 저 정도 몬스터는 잔챙이급인 듯하다.

"방심하면 금방 죽어버릴 것 같군."

"이게 바로 최고 난이도라는 거겠지. 좋아, 우선 좀 안심할 수
있는 곳을 찾자. 하쿠 위에 타라."

일행 모두는 일단 테이밍 몬스터를 반지로 되돌리고, 하쿠의
등에 타고 유유히 사막을 빠져나갔다.

사막은 그대로 숲과 습지로 이어져 있었고 주위에 몬스터도
없었기 때문에 마침 잘됐다며 여기서 갈라지기로 했다. 사리
가 맵을 다시 확인하고 방침을 전한다.

"맵에 파티 멤버 위치가 나오니까, 여기서 흩어지고 센 몬스
터가 나오는 시간 조금 전에 모이는 식으로 가자."

"그래, 좋은데. 그럼 우리는 숲 쪽으로 가자. 메이플 쪽은 습
지 쪽을 부탁해."

"알겠어요! 메달 꼭 찾아올게요!"

"오냐! 우리도 그럴싸한 몬스터를 찾아서 사냥해 볼게."

메이플이 손을 붕붕 흔드는 가운데 크롬 일행 네 명은 예정대로 나뉘어 메달을 찾으러 갔다.

"자, 【헌신의 자애】는 계속 발동하고 있으니까 이대로 탐색하러 갈까?"

"응, 그러자! 마이랑 유이도 괜찮아?"

""괜찮아요!""

"그럼 가자—!"

테이밍 몬스터를 동료로 만든 덕에 마이와 유이의 이동 속도가 시럽에 타는 것보다 빨라졌다. 츠키미의 등에 마이와 사리가, 유키미의 등에 유이와 메이플이 걸터앉아 그대로 습지로 나아간다.

"그나저나 이번 필드도 넓은걸. 우응, 어디를 찾아보면 될까……."

"후후후, 이런 일이 있을까 해서…… 욥, 이걸 봐."

사리가 세 사람에게 메시지를 보낸다.

거기에는 예선 때 찍은 사리의 맵 사진이 첨부되어 있었다.

"똑같은 맵이라고 해서 뭔가 그럴듯한 게 있었던 부분을 마크해 놨어. 조금은 도움이 될 거야. 물론 저쪽 팀에도 보냈고."

"제법인걸, 사리! 으음, 지금 있는 데가 여기니까……."

세 사람은 현재의 맵과 사리가 보내준 사진을 비교하다 근처에 있는 마크를 발견했다.

"아, 메이플 씨! 습지에도 있어요!"

"진짜네!"

"맞아맞아, 그러니까 먼저 거기부터 가 볼래? 마이, 자세한 장소는 내가 알려줄게."

"네, 알겠어요. 츠키미!"

첫 목적지를 결정한 네 사람은 그쪽으로 이동했다. 주위에는 장해물이 거의 없고 연못과 키 낮은 식물이 이어질 뿐이었다.

"습지 정중앙 쪽이네."

"맞아. 뭐, 그리 쉽게 보내주진 않을 것 같지만!"

계속 이동하려는 네 사람을 에워싸듯이 연못과 땅에서 물로 된 인형과 진흙으로 된 인형이 잇달아 일어선다. 그것들이 발을 질질 끌면서 거리를 좁혀 온다.

"어, 어떡하죠!"

"나한테 맡겨. 시럽! 【가라앉는 대지】!"

메이플이 시럽에게 명하자 시럽을 중심으로 지면의 성질이 바뀐다. 땅에서 나타난 인형들은 발 디딜 곳을 잃고 다시 지면으로 푹푹 가라앉는다.

"주목표는 살아남는 거니까…… 마이, 유이, 이 틈에 도망치자!"

"그치, 마법 공격도 안 하고 이동 속도도 느려……. 그렇다면 잡히면 위험한 타입일 거야! 발판은 내가 만들게!"

““알겠어요!””

두 사람은 츠키미와 유키미에게 【스타 스텝】을 발동시켜 이동 속도를 올리고 사리가 공중에 만든 발판을 사용해 인형들을 뛰어넘었다.

“이 상태로 가자─!”

“메이플의 스킬은 강력한 몬스터가 나올 때까지 남기고 싶으니까, 둘 다 힘내!”

““네!””

이렇게 해서 시럽의 스킬로 발을 묶고 있는 사이에 사리가 공중에 발판을 만들거나 【얼음 기둥】으로 츠키미와 유키미가 기어오를 수 있는 곳을 마련해서 교전을 피하고 사리가 맵에 마크해 놓은 장소까지 도착했다.

그곳에는 한층 큰 연못이 펼쳐졌는데, 중앙에는 작은 섬이 하나 떠 있었다. 작은 섬에는 작은 분홍색 꽃이 피어서 다른 장소와 색다른 분위기가 감돌았다.

물론 그 커다란 연못에도 대량의 물인형과 진흙인형이 우글거려서 지금은 멀리서 메이플이 가지고 있던 쌍안경으로 관찰하는 상황이었다.

“어때, 사리? 전에 왔을 때랑 뭔가 달라졌어?”

“예선에서는 여기까지 몬스터가 있진 않았어. 하지만 지형은 안 바뀌었어.”

“확실히…… 뭔가 있을 것 같네요.”

"어떻게 할까요?"

"그러네. 갑자기 당했다간 메달을 하나도 못 받으니까."

일반 몬스터도 강력한 이 필드에서 더욱 강력한 몬스터의 소굴에 제 발로 뛰어들었다간 마지막까지 생존해서 받을 수 있는 메달을 놓칠 위험성이 커진다.

"하지만! 공략해서 메달을 더 많이 받기로 정했는걸!"

메이플이 그렇게 단언하자 세 사람도 같은 마음이라는 듯 고개를 끄덕인다.

"유키미랑 츠키미를 타고 가면 아마 작은 섬에 갈 때까지 계속 전투를 하게 될 것 같아요."

"괜─찮아! 이럴 때는 시럽한테 맡겨!"

등에 타고 이동할 수 있는 테이밍 몬스터는 【단풍나무】에도 있다. 하지만 하늘을 날 수 있는 것은 【단풍나무】에서 시럽뿐이다.

"사실은 못 날아야 정상이겠지만……. 그러면 공중에서 갈까. 도중에 보니까 맞아서 떨어질 걱정은 없을 것 같았어."

공략이 결정되자 메이플은 시럽을 불러내고 【거대화】시켜다 함께 등에 탄다. 그리고 땅에서 움직이는 몬스터를 통과해서 꽃이 핀 작은 섬 위로 왔다.

"이대로 시럽을 내릴 수 있을 것 같으니까, 바로 갈게."

메이플이 그대로 시럽을 작은 섬에 착륙시키자 그 순간 작은 섬이 빛나기 시작했다. 네 사람은 그것이 지금까지 몇 번이나 체험한 전이의 전조라는 걸 깨달았다.

"괜찮아! 【헌신의 자애】도 있으니까!"

전이한 곳에서 무슨 일이 일어나도 괜찮다며 메이플이 가슴을 편다.

그리고 네 사람의 모습은 습지에서 훅 사라졌다.

"얍! 도착─!"

"지하인가……. 아까 작은 섬 바로 아래인 것 같은데. 땅이랑 천장도 습기가 많아서 눅눅해."

"진짜네요……. 와, 갈림길이 엄청나게 많아요……."

네 사람이 도착한 곳은 그야말로 지하 던전 느낌으로 주위가 온통 갈색인 장소였다.

시작 지점은 넓은 원형이고, 거기서부터 여섯 갈래로 길이 뻗었다. 길의 너비는 걱정할 필요가 없을 듯하지만, 모든 길이 축축하게 젖어서 물이 고인 장소도 있었다.

"아까 본 진흙인형 같은 것도 나올 것 같네요. 이번에는 없애야 할지도 몰라요!"

"그러네, 그때는 일격에 끝내 주면 고맙겠는걸."

""맡겨 주세요!""

길은 많지만, 어디부터 갈지 고민해도 답이 나오지 않는다.

"내가 정해도 돼?"

"응, 좋아. 단서도 없으니까."

네 명은 우선 메이플이 고른 길로 가기로 했다.

"우우, 바닥이 질척질척하네."

"그러네요……. 진짜로 더러워지는 게 아니어서 다행이에요."

"앗, 바로 나왔어!"

사리의 말대로 바닥의 물웅덩이와 진흙에서 소리를 내며 인형이 일어난다. 하지만 움직임이 느려서 마이와 유이도 쉽게 포착할 수 있었다.

""【더블 스트라이크】!""

인형이 뭔가 하기도 전에 두 사람의 공격이 명중하고, 통로를 가로막고 솟아났던 인형은 퍽 소리를 내며 터져 날아가 주위를 물과 진흙으로 더럽혔다.

"오-! 역시-!"

"아니, 안 끝났어!"

터진 물과 진흙은 빛이 되어 사라지지 않고, 전부 새로이 인형을 만든다.

단숨에 몇 배나 되는 숫자로 불어난 인형이 떼로 덤비는데, 더 늘어나면 귀찮겠다 싶어 섣불리 공격하지 못하고 주저하는 사이에 마이와 유이가 공격을 받고 말았다.

"메이플! 괜찮아!?"

두 종류의 인형에게 공격을 받았기 때문에 특수한 효과가 있다면【헌신의 자애】로 인해 메이플의 몸에 무슨 일이 일어났을 터였다.

"으음…… 잠깐만 기다려 봐? 음…….."

사리는 메이플과 그 사이에도 철벅철벅 공격당하고 있는 마이와 유이를 번갈아보고, 대미지가 들어가지 않았다는 걸 확인하면서도 경계를 늦추지 않는다.

"아! 이동할 수 없게 됐어! 그리고…… 스킬 쿨타임이 줄어드는 게 멈춘대."

"이동불가랑 쿨타임 카운트 정지…… 파티에 따라선 전멸해도 이상하지 않을 수준이네……. 공격 대미지도 나름대로 있을 테고, 숫자도 많고."

"사리 씨! 이, 이건 어떡하면 없앨 수 있어요!?"

"우선 이것저것 시험해 볼까……."

메이플은 움직이지 못하게 됐지만, 그걸로 끝이다. 원래부터 이동하지 못해도 할 수 있는 일은 많았다. 지금은【헌신의 자애】만 있으면 된다.

위태로운 대미지가 없다는 걸 안 사리는 긴장을 풀었다. 메이플이 무한대로 시간을 끄는 동안 이 인형에 대처하는 방법을 찾았다.

그 결과, 진흙인형 쪽은 불 속성, 물인형 쪽은 전기 속성을 부여한 공격을 하면 분열시키지 않고 대미지를 줘 해치울 수 있다는 걸 알게 되었다. 반대로 다른 공격은 분열해 버리는 모양이었다.

그리고 메이플이 지켜주는 걸 믿고 샅샅이 검증했던 만큼 인형은 헤아릴 수 없을 정도로 늘어나 버렸다. 통로를 완전히 가로막고 천장까지 꽉꽉 채워 움직이지 못하는 인형도 있을 정도였다.

마이와 유이는 눈사태처럼 무너져 내린 인형에게 짓눌렸다가, 실수로 공격해 버리지 않도록 조심하면서 간신히 기어 나왔다.

"오케이, 우선 확인은 마쳤고……. 무식하게 늘어난 인형을 처리할까……."

""네…….""

"어, 엄청난 사태가 되어 버렸네……."

다른 길로 가려고 해도 메이플이 이동하지 못하기 때문에 결국 다시 이동불가가 걸리고 만다. 전부 해치우지 않으면 메이플이 움직일 수 있는 날은 오지 않는다.

그리고 모든 인형을 해치웠을 때는 시간이 꽤 지났다.

"휴, 겨우 끝났다……. 마이와 유이도 수고했어."

"미안해. 없애는 걸 하나도 못 도와줘서……."

"괜찮아요! 메이플 씨는 지켜주셨는걸요!"

"보스전을 위해 아껴야 하니까요……!"

메이플의 스킬은 매우 강력하지만, 대부분 횟수 제한이 있다. 이번 이벤트처럼 하루 종일 전투가 있는 경우에는 그 사실이 무거운 페널티로 다가온다.

　그래서 공격 능력이 떨어지지 않는 마이와 유이가 수많은 전투를 담당하게 된다.

"이대로 보스전까지 가버리죠! 해치우는 법도 알았으니까요!"

"그러네. 메이플도 보스전에서는 잘해야 한다?"

"응, 스킬을 아끼게 해 준 만큼 힘낼게!"

　잡몹을 해치우는 방법만 알면 도중에는 고전하지 않고 나아갈 수 있다.

　원래는 약점을 찔러도 일격에 해치울 수 없어서 전투 자원을 많이 소모하도록 만들어져 있지만, 마이와 유이라면 닥치는 대로 때려눕히기만 하면 된다. 각각 약점이 되는 속성을 부여해 마이가 진흙인형을, 유이가 물인형을 담당하고, 사리는 미처 못 잡은 인형을 정확하게 해치우며, 메이플은 공격에 맞아도 문제없도록 【헌신의 자애】로 세 사람을 지킨다.

　인형은 모든 공격과 디버프가 무력화되는 바람에 네 사람을 막을 수 없었다.

　그리고 시원하게 인형들을 격파한 메이플 일행은 한 걸음씩 차근차근 이동해서 보스가 있어 보이는 방의 문 앞에 도착했다.

"숫자가 엄청 많아서 시간은 걸렸지만, 마침내 보스인가."

""준비됐어요!""

"좋아―! 그럼 열게!"

메이플이 문을 열고 네 사람은 경계하면서 방 안에 들어갔다. 방 안에는 곳곳에 물웅덩이와 진흙웅덩이가 있고 그렇지 않은 바닥은 전부 연두색 이끼에 뒤덮여 있었다.

그리고 네 사람의 눈앞에서 키가 4미터쯤 되는 거대한 인형 두 마리가 일어섰다.

한 마리는 진흙으로 된 몸에 이끼와 풀이 났고, 다른 하나는 물로 된 몸이다. 여기까지 오면서 지겨울 만큼 없앤 인형들의 두목 같은 모습이었다.

"저 풀이 좀 신경 쓰이는데……. 우선, 오는 길이랑 똑같이 속성 공격으로 갈게! 한 마리씩 해치우자!"

""넵!""

메이플을 제외한 세 사람은 먼저 해치울 대상을 진흙인형으로 정하고 무기에 불꽃을 둘러서 보스에게 향했다. 메이플은 역할을 분담하듯 물인형의 주의를 끌어 세 사람이 공격에 집중하게끔 했다.

"한 방에 해치우자, 언니!"

"응!"

마이와 유이가 타오르는 대형망치를 치켜들고 단숨에 내리친다.

당연하지만, 보스 몬스터는 NWO 최고 클래스인 두 사람의 공격력을 기준으로 만들어진 것이 아니라서 유이의 선언대로 단숨에 HP 게이지가 깎인다.

　진흙인형이 느릿한 동작으로 두 사람에게 반격하지만, 메이플이 특수효과까지 한꺼번에 【헌신의 자애】로 받아낸다. 이것으로 메이플의 스킬 쿨타임이 돌아가지 않게 되지만, 아무렇지도 않았다.

　"나도 질 수 없지!"

　사리는 마이와 유이와는 다르게 공격을 회피하며 【검무】의 공격력 상승 효과를 높이고 다리를 연달아 벤다.

　""한 번 더!""

　사리의 공격으로 자세가 무너졌을 때 마이와 유이의 대형망치가 꽂혀 진흙인형의 HP 게이지가 너무도 쉽게 0이 되었다.

　""좋았어!!""

　"오ー! 역시ー!"

　"잠깐, 뭔가 이상해!"

　사리가 그렇게 말하자마자 진흙인형이 안쪽에서부터 울룩불룩 부풀더니 큰 소리를 내며 터졌다. 마이와 유이가 맞았지만, 메이플 덕에 대미지는 없었다.

　"괜찮아, 괜찮아! ……으엑!?"

　진흙을 무효화하고 가슴을 쫙 폈던 메이플의 HP 게이지가 조금 늦게 딱 20퍼센트 감소했다. 메이플은 무슨 일이 있었는지 주위를 둘러보았다.

"마이, 유이! 바닥!"

"어, 앗!"

진흙웅덩이에 서 있는 두 사람의 발밑에는 갈색 씨앗이 진흙에 섞여 떨어져 있고 거기서 튀어나온 덩굴이 발에 휘감겨 있었다. 아무래도 이 덩굴이 흡수 공격을 가한 듯했다.

메이플의 HP가 다시 20퍼센트 감소했을 때 마이와 유이가 덩굴을 끊어냈다.

"메이플은 시럽을 꺼내! 너희는 이쪽, 이쪽이야."

사리가 유도하여 씨앗을 피하면서 메이플이 띄운 시럽의 등에 셋이서 뛰어오른다. 씨앗은 지면에 있는 사람에게만 반응하는 듯하여 겨우 화를 피하고 메이플의 HP도 회복할 수 있었다.

"휴, 깜짝이야……. 우우, 이러면 내려갈 수가 없네……."

"우와…… 심지어 진흙인형은 아까 그 회복으로 부활하는 건가."

"하지만 땅에만 안 있으면 괜찮을 것 같아요!"

"연습했으니까…… 바로 공격할 수 있어요."

든든한 두 사람의 말을 듣고 메이플과 사리는 공격을 지켜보기로 했다.

날아오는 진흙과 물은 여전히 메이플이 받아낸다. 그 와중에 마이와 유이는 인벤토리에서 잇달아 쇠구슬을 꺼냈다.

제4회 이벤트 때부터 개량되어 가시까지 달리고 크기도 커진 쇠구슬에 불꽃을 두르고는 투포환 동작에 들어간다.

""하나, 둘!""

귀여운 구령과 함께 던진 쇠구슬이 무시무시한 속도로 진흙 인형의 안면에 날아가 회복한 지 얼마 안 된 HP를 다시 날려 버리고 뒤쪽 땅에 깊숙이 박혔다.

"됐다! 맞았어요!"

"연습한 성과예요!"

"그런 연습은 너희밖에 못 할 거야……. 하지만 진짜 컨트롤이 좋네."

둘이서 비는 시간에 했던 쇠구슬 캐치볼이 도움이 된 듯, 두 사람은 다음 표적을 겨냥한다. 이번에는 파직파직 방전하는 쇠구슬을 들고는 온 힘을 다해 던져 거대한 몸을 꿰뚫는다.

"오─! 아, 맞다! 그럼 있잖아, 대형망치로 치는 게 더 위력이 세지 않아?"

"아…… 그건 안 돼요."

"쇠구슬이 부서지거든요! 이즈 씨한테 더 단단한 걸 부탁했어요!"

쇠구슬은 그냥 아이템이라서 일정한 대미지를 주면 부서져 버린다. 한번 시험해 봤을 때는 무시무시한 소리를 내며 눈뭉치처럼 산산조각 났다.

망치로 못 치는 대신 쇠구슬 자체에 여러 가지를 덧붙인 결과가 지금의 형태였다.

"아무래도 이렇게 큰 쇠구슬은 건네줄 수가 없으니까…… 가만히 지켜볼 수밖에 없나."

""이번엔 맡겨 주세요!""

소리를 내며 땅에 쇠구슬이 박힐 때마다 물로 된 몸에 구멍이 뚫린다.

바닥은 씨앗 천지지만, 전혀 상관없다는 듯 마지막 쇠구슬이 머리를 날려 버리고, 진흙인형과 물인형이 함께 쓰러졌을 때 바닥의 씨앗도 포함한 모든 것이 빛이 되어 사라졌다. 그리고 알림음이 나고 【단풍나무】 멤버 전원에게 은메달 한 개가 분배되었다는 알림이 전해졌다.

"휴, 어떻게 잘 끝났네! 게다가 메달 한 개!"

"응, 잘됐다. 하지만 조심해야겠어. 이번에도 시럽이 못 날았다면 위험했을 거야."

"맞아요. 보스가 부활도 했었고……. 평범하게 싸웠으면 더 힘들었을지도 몰라요."

"상성이 나쁜 던전에 안 들어가도록 주위의 잡몹을 보고 예측해야겠어. 응? 던전에서는 강제탈출인가……."

"이 안에서 안전하게 지낼 수는 없는 거네요."

"뭐, 메달을 되도록 많이 모으고 싶으니까 팍팍 가자."

"좋—았어, 다음도 힘내자−!"

메이플 일행의 몸이 빛에 감싸이고, 평소에 전이하던 것과 똑같이 던전에서 나갔다.

"오, 메이플네가 메달을 획득한 것 같군."

"아마도 습지에 던전이 있었겠지. 사리의 맵을 참고하는 것이 정답이겠군."

숲 쪽으로 향한 네 사람은 【초거대화】 하쿠의 머리에 타고 이동하고 있었다.

마주친 몬스터는 이즈가 아이템을, 카나데가 디버프를 뿌리고 하쿠가 졸라 죽이는 것이 기본 전략이었다.

크롬과 카스미는 원거리 공격이 특기가 아니라서 공격을 피해 빠져나온 몬스터를 격퇴하는 역할이다.

"사흘 동안이라지만, 잘 준비하고 와서 다행이야."

이즈의 강점은 전부 다채로운 아이템에 의해 생겨난다. 범용성과 위력은 높은 수준이지만, 당연히 아이템이 하나 사라질 때마다 할 수 있는 일이 줄어든다. 그것이 생산직 플레이어다.

하지만 이즈는 일반적인 생산직과는 다르게 골드에서 아이템을 만들어낼 수 있다. 게다가 스킬로 어디서든 공방을 쓸 수 있는 이즈는 골드만 있으면 아이템을 보충할 수 있다. 이번 이벤트를 위해 길드 홈을 몇 채나 세울 수 있을 만큼 골드를 준비한 이즈에게는 빈틈이 없었다.

"아, 슬슬 사리가 표시한 포인트 아니야?"

"좋아, 기합 넣고 갈까!"

하쿠가 스르르 기어가자 앞쪽에 마법진 같은 마크가 붙어 있는 나무가 있었다.

"아마도 저것이겠지. 주위에는 달리 아무것도 없는 듯하다만……."

"건드려 볼까? 마법진 같은데."

모두가 찬성하고, 카스미가 하쿠의 머리를 가까이 가져가 마법진을 건드린다. 그러자 예상대로 마크가 빛을 발하고 전원이 이벤트 본선 필드에서 이동했다.

그리고 이동한 곳은 지금까지와 똑같이 나무들로 둘러싸인 숲이었다.

유일하게 다른 점은 나무들 너머에 큰 나무와 덩굴로 된 벽이 있고, 그 벽이 네 사람을 한 바퀴 빙 에워싸고 있어서 마치 천연의 감옥 같은 지형이라는 것이었다. 나름대로 넓은 곳이라서 바로 전투가 시작되는가 싶어 경계하지만, 주위에서는 아무런 기척도 느껴지지 않았다.

"아무것도 없지는…… 않겠지."

"그러게."

그리고 일행이 경계하고 있을 때, 갑자기 바람을 가르는 소리가 들려와 크롬이 재빠르게 반응했다.

"【커버】!"

팅 소리가 나고 날아온 물건이 튕겨서 공중으로 날아간다. 크롬이 재빨리 그것을 확인했다.

도화선에서 불꽃이 파지직 튀는 폭탄이 달린 표창 세 자루가 날아가고 있었다.

"쳇, 카나데, 부탁한다!"

"소우, 【대상 증가】, 【정령의 빛】!"

카나데의 모습으로 변신한 소우가 마도서를 꺼내 방어 스킬을 발동한다. 그 직후에 굉음과 함께 무시무시한 폭풍과 폭염이 휘몰아쳤다. 폭풍이 가라앉았을 때, HP는 감소했어도 모두가 무사히 살아남아 서 있었다.

"소우에게 쓰게 하면 대미지 무효 효과가 대미지 경감으로 약화되지만, 충분하지?"

"그래, 살았어."

"회복할게."

"한데 어디서 공격당한 것이지…….."

"날아온 게 표창인 걸 보면 닌자나 뭐 그런 건가? 저만한 위력이면 흩어져서 찾을 수도 없고…….."

공격 방법이 표창만 있다고 생각하기는 어렵다. HP가 적은 카나데와 이즈는 공격을 잘못 맞았다간 즉사할 수도 있다.

"잠깐 찾아볼까? 소우가 있으면 횟수 제한이 있는 강력한 스킬로 버틸 수는 있을 거야."

"그렇게 해 볼까. 일단 모습이 안 보여서야……."

네 사람은 일단 적의 모습을 확인하기로 했지만, 숲속을 돌고 또 돌아도 그럴듯한 모습은 찾지 못하고 계속해서 여기저기서 원거리 공격만 날아왔다.

"음, 카나데가 비축한 마도서 덕분에 어떻게든 버티고 있지만…… 안 보이는군."

"어떻게 할까. 접근만 할 수 있다면 좋겠다만."

고민하고 있을 때, 이즈가 잠시 말할지 말지 망설인 뒤 입을 열었다.

"그렇지…… 거친 방법도 괜찮다면 수가 있어."

"헤에, 어떤 건데?"

"여기는 넓이가 한정되는 것 같으니까…… 준비하는 데 시간은 걸리겠지만, 공간을 전부 폭파할게."

"과연…… 으응? 아니, 뭐, 그럴 수 있지. 그럴 수 있어."

요컨대 융단폭격으로 끌어내겠다는 것이다. 크롬이 이즈에게서 그런 말이 나올 줄은 몰랐다는 듯이 멈칫했지만 이대로 계속 찾아봐도 별수 없다며 그 방법을 쓰기로 결정했다.

"예선에서도 했던 그거지?"

"그래. 하지만 때마침 새 아이템도 제작했으니까 이번에는 공중에도 대응할 수 있어."

이즈가 그렇게 말하고 아이템을 꺼냈다. 상자에 프로펠러가 달리고 바로 아래에 끈이 있는 아이템으로, 이즈는 거기에 폭탄을 몇 개나 동여매고는 하늘로 띄웠다. 상자는 똑바로 상공으로 올라가더니 어느 즈음에서 상승하기를 멈췄다.

"비용은 제법 비싸지만…… 아끼고 있을 수도 없으니까."

"또 끔찍한 걸 만들었군……. 시동은?"

"전용 아이템이 있어. 나무 위는 이거에 맡기고 땅이랑 나무줄기에도 설치하자."

"폭파당하면 폭파로 갚아준다는 건가……. 우리는?"

"가운데만 안전지대로 남길게. 아이템은 효과 범위에 동등하게 대미지를 주니까, 실수로 안전지대에서 나가지 않도록 조심해."

안전지대에서 빠져나가면 높은 방어력과 생존력을 가진 크롬조차도 목숨을 보장할 수 없을 만큼 연속 대미지와 대량의 디버프, 상태이상이 쏟아져 내린다.

소우의 마법과 하쿠의 덩치로 방어하여 설치 아이템을 보호하고, 숲속을 빙글빙글 돌며 폭발물을 쫙 깐다.

"좋아, 준비 완료. 엄청난 소리가 나고 눈부시니까 조심해."

예선과 똑같이 공중에 친 물의 실에 전기를 통과시키자 숲속에 굉음이 울려 퍼졌다.

그것은 굉음이라는 단어로도 부족할 만큼, 적의 표창의 폭발 공격이 조그맣게 느껴질 정도의 폭발로 안전지대를 제외한 숲의 공간 전부를 일격에 불살랐다.

"아직 해치우지는 못했을 거야!"

"응, 예정대로 하자. 【암살자의 눈】!"

카나데가 【신계서고】의 효과로 하루 한정 스킬을 발동하면서 상태이상이 걸린 몬스터 및 플레이어에 대한 대미지를 증가시키고, 나아가 위치까지 파악할 수 있게 된다.

"있다!"

"간다, 카스미!"

"그래!"

크롬은 네크로를 장비해서 도끼의 사거리와 위력을 올리고 카스미는 양옆에 무사의 팔을 불러내 단숨에 접근한다. 두 사람 앞에는 독을 맞고, 몸이 마비되고, 얼어붙으면서 불타는 무참한 잠복자의 모습이 있었다.

"【마지막 검 · 어스름달】!"

"【사령의 진흙】! 네크로 【죽음의 불꽃】!"

모습만 보이면 그다음은 싱거운 법이라서, 멀쩡하게 움직이지도 못하던 잠복자는 두 사람의 공격을 정면으로 받아 HP를 전부 잃고 사라졌다.

"후우…… 좋아, 어떻게든 되는 법이군."

"끝났어?"

"그래. 뭐…… 확실히 죽지는 않았었지만, 비슷한 상태였던 것 같다."

"다행이야. 대미지 경감 스킬도 슬슬 떨어지던 참이었거든."

모여서 만약을 대비해 경계하고 있을 때 메이플 일행이 그랬

던 것처럼 알림음이 울리고 메달을 획득했다는 메시지가 떴다.

"좋아, 첫날부터 이 정도면 상당히 괜찮은 편이겠지!"

"숲을 몇 개나 지나고 폭탄을 설치하는 데도 시간을 잡아먹어서 의외로 시간이 많이 지났네."

"이제 한두 군데 탐색하고 나서 합류해야 하려나. 타이머를 보니까 밤에는 아무래도 강한 몬스터가 나오는 것 같아."

"그렇군. 하쿠 덕분에 편하게 이동할 수 있었지만, 꽤 많이 움직였으니까."

메이플 일행과 연락해 너무 멀어지지 않도록 하면서, 또한 밤을 보낼 장소를 찾으면서, 크롬을 포함한 네 사람도 다음 던전을 목표로 탐색을 계속했다.

2장 방어 특화와 거점 만들기.

　메이플 일행은 습지 던전을 공략하고 나서 사리가 점찍어둔 곳을 몇 군데 돌았지만, 아쉽게도 전부 꽝이었다.

"우휴, 좀처럼 안 보이네–."

"그러네. 센 몬스터가 나올 시간도 다가왔고, 지금부터 괜히 새 던전에 뛰어드는 것보다 이즈 씨네랑 합류하는 게 좋을지도 모르겠어."

　공지로 나온 '강력한 몬스터' 가 어느 정도나 센지 아직 모르는 이상 무리는 금물이다. 던전 공략도 중요하지만, 살아남아서 얻을 수 있는 메달도 중요하다.

"일단 크롬 씨랑 연락해 볼게."

　사리가 메시지를 보내는 사이에 츠키미와 유키미에 타고 탁 트인 장소로 이동한다.

　이번에는 PVP가 없으니 트인 장소는 몬스터가 기습하기 어려워서 좋은 장소라고 할 수 있다.

"오, 저쪽도 던전에 들어가는 건 일단 관두고 거점으로 삼을 만한 장소를 찾고 있대. 괜찮은 동굴이 있다나 봐."

"오-! 그럼 합류하자!"

"이제 밤에도 안심할 수 있네요!"

"위치를 보낼 테니까. 마이, 유이, 이동을 부탁해도 될까?"

""물론이에요!""

마이와 유이는 츠키미와 유키미의 이동 속도를 올리고는 평야를 지나고 숲을 넘어서 크롬 일행이 있는 곳으로 향했다.

도중에 가끔 몬스터와 접촉하는 경우도 있었지만, 메이플 일행의 적수는 아니어서 무사히 합류할 수 있었다.

"아! 있다, 있다! 여기야-!"

메이플이 크게 손을 흔들자 크롬 일행도 봤는지 다가온다.

"오, 메이플이랑 모두. 그쪽도 잘한 것 같군."

이것으로 길드 멤버 모두가 은메달을 두 개 획득한 셈이다. 이제 세 개를 더 모으고 마지막까지 살아남으면 목표인 열 개에 도달한다. 그러면 또 메달 보상으로 레어 스킬이나 아이템을 입수할 수 있다.

"참, 맞다. 거점으로 삼기 좋은 동굴이 있거든. 여기야."

크롬이 앞장서 동굴 안으로 들어간다. 동굴은 안쪽으로 이어지고 던전과 달리 빛은 없었지만, 약간 넓은 공간이 몇 군데 있고 개미굴처럼 맨 안쪽의 더 넓은 공간으로 이어지고 있었다.

"봐서는 던전 같은데……. 아무것도 안 나오나……."

"그래, 이렇게 던전 비슷한 장소가 몇 군데 있는데. 아마도 더미 겸 휴식용이라고 생각해."

"그럼 밤이 될 때까지 여기를 정리해야겠다! 쾌적하게 만들어야지!"

이렇게 바위 표면이 다 드러난 동굴에서는 편하게 밤을 보낼 수 없다. 기력을 보충하기 위해서도 개량이 필수다.

"밖에 내놔도 안 없어지는 아이템도 있어. 그래도 가구는 별로 없으니까 지금부터 만들게."

"음, 든든한걸. 그럼 나는 이즈한테 아이템을 받아서 방어용 트랩이라도 설치하고 올까."

""저희도 도울게요!""

"시간이 없으니까. 나랑 메이플도 분담해서 우선 방어 시설을 완성시키자."

"응! 열심히 할게!"

메이플의 특성상 【단풍나무】는 쳐들어가는 것보다 철저히 지키는 쪽이 특기다. 입구를 제한하고 아이템을 최대한 활용하면 평범한 동굴도 강력한 방어력을 갖춘 요새가 된다.

메이플도 이즈에게 아이템을 받아 방을 개조하기로 했다.

"우웅, 어떡할까…… 꽤 넓은데, 여기를 빠져나가지 못하게 해야 하니까……."

메이플은 예전에도 그랬듯이 【베놈 캡슐】로 방 전체를 독으로 가득 메웠다. 먼저 이것부터 시작이라는 듯 시간을 들여 방 하나가 독에 다 잠기기를 기다린다.

"좋아. 음…… 이것만으론 안 되려나. 통로에서 공격당하면 부서져 버리겠네…….”

메이플이 만들어낸 독은 단순한 독이 아니라 확률로 상대를 즉사시키는 물건이다. 제대로 맞기만 해도 한 방에 죽는다.

“그렇지! 우응, 이즈 씨한테 받은 아이템 중에…… 있다!”

메이플은 독 캡슐 속을 첨벙첨벙 걸어 다니면서 아이템을 설치했다. 공격에 반응해서 물을 뿜고 상대를 날려 보내는 트랩이다. 다만 메이플이 날려 보내고 싶은 건 몬스터가 아니라 자신이 만든 독이었다. 메이플은 이 트랩을 대량으로 설치하고 자신들에게 독이 흘러들어오지 않도록 한쪽 통로를 막으려고 했다.

“음…… 적당한 아이템이 없어……. 아, 맞다, 【천왕의 옥좌】!”

메이플은 좁은 입구에 옥좌를 딱 설치하고 틈새에 남은 목재를 끼워 넣어 억지로 한쪽을 봉쇄했다.

“좋아, 방 하나는 완성! 다음, 다음!”

메이플은 방어를 굳건하게 다지려고 다른 방으로 달려간다. 그리고 방을 몇 개쯤 돌자 마이와 유이가 보였다.

“어때? 잘돼?”

“아! 메이플 씨!”

“드, 들어오면 안 돼요……!”

“어? 왓, 아우!?”

메이플이 방에 발을 들여 무심코 뭔가를 밟은 순간, 높은 천장에서 두 팔로 껴안기도 힘들 만큼 거대한 바위가 엄청난 기세로 떨어져 메이플의 머리에 직격했다. 바위는 쾅 소리를 내며 조금 튀어 앞으로 굴러떨어지더니, 다음 스위치를 눌러서 바위가 잇달아 떨어져 내렸다.

그 사태가 잠잠해지고 나서 마이와 유이가 당황한 기색으로 바위를 획획 치우자 그 밑에서 메이플이 멀쩡하게 나타났다.

"까, 깜짝이야……. 미안해! 애써 만든 함정이 발동해 버렸어!"

"괜찮아요! 그리고 메이플 씨가 무사해서 다행이에요."

"다시 설치하는 거 도와줄게. 시럽은 못 부르니까…… 이 방패에 타!"

메이플은 장비를 변경하고 스킬을 발동해 방패를 세 개 장착하더니, 그중 두 개에 바위를 든 마이와 유이를 태워서 재설치를 시작한다.

"우우, 다른 방을 보러 갈 때도 조심해야지."

"잘 걸으면 빠져나갈 수 있으니까…… 밖에 나갈 때 곤란하진 않을 거예요."

"아, 그렇구나……. 아차, 그 방은 빠져나갈 수가 없잖아."

메이플은 함정 설치에는 서툴러서, 자신이 개조한 방을 떠올리고 어떻게 할지 궁리했다.

그 방은 침입자를 묻지도 따지지도 않고 해치울 수 있지만, 그 대신 길드 멤버도 다가갈 수 없는 것이다.

"나중에 사리한테 의논해서 다시 만들까……."

"어, 어떤 방을 만드신 거예요?"

"에헤헤, 그게 있지."

유이의 질문에 대답하면서 함정 재설치를 마치고, 두 사람이 만든 함정방을 뒤로했다.

마이와 유이의 방도 살상력으로 똘똘 뭉친 방이어서 발을 들일 몬스터가 불쌍할 따름이다.

셋이서 남은 방에 낙석 트랩과 독늪을 설치하고 만족스러운 표정으로 가장 안쪽으로 돌아왔다.

그러자 그곳은 절반을 경계로 조명과 테이블이 놓이고 파티션으로 개인 공간도 만들어놓은 쾌적한 장소가 되어 있었다. 이즈는 흥이 올랐는지 카펫을 깔고 벽지까지 바르기 시작했다. 가공되지 않은 나머지 절반 구역은 함정을 뚫고 들어온 몬스터 요격용이다.

"왓, 엄청 깨끗해졌어!"

"아, 어서 와. 트랩 설치는 이제 끝났니?"

"네! 괜찮게 됐어요!"

"확실하게 준비하고 왔어요."

"이쪽도 거의 완성이야. 제4회 이벤트 때와 비교해도 무척 쾌적해진 것 같아."

이즈는 마지막 마무리라는 듯 요격 구역으로 가 대포를 설치하고 단숨에 덤벼들지 못하게 벽을 만들더니 슬며시 한숨을 돌렸다.

"은근 대형 공사가 되었는걸. 하지만 좋은 경험이었어. 게다가 즐거웠고."

"괴, 굉장하네요. 소재도 꽤 많이 쓴 거 아니에요? 또 모아야겠는데……."

"귀한 소재는 많이 안 썼어. 하지만 다음번에도 부탁할게."

"저도 언니도 언제든 괜찮아요!"

넷이서 이야기하고 있을 때, 나머지 네 사람도 함정을 다 설치하고 돌아왔다.

"자, 설치하고 왔다. 다만 밖에 나갈 때도 조심해서 나가지 않으면 실수했다간 죽을 법한 것도 많아서 위험하겠어."

전원이 똑같은 감상을 품은 듯 고개를 끄덕끄덕하자 메이플이 퍼뜩 깨달은 표정으로 목소리를 높였다.

"아! 맞다, 다른 플레이어가 오면 어쩌지! 휘말릴 텐데!"

"응? 아, 괜찮아. 밖에 간판을 세우고 왔거든."

"엑? 아, 그래? 고마워, 사리! 으음, 어떤 건데?"

"'【단풍나무】 본거지. 위험물 다수. 생명을 보장하지 못합니다.' 라고."

"틀린 말은 아니지……."

"오히려 더없이 정확하다고 할 수 있지."

"그렇지. 트랩 천국인걸."

그렇게 살인 트랩으로 가득한 던전을 만들고 한숨 돌렸을 무렵에 시각은 밤이 되어, 마침내 강력한 몬스터가 나타난다는 시간이 다가왔다.

"우선은 준비하고 기다릴까."

"그러자. 어떤 식으로 나올지 모르니까."

휴식 구역과 요격 구역의 경계에서 이즈가 방벽에 몸을 숨기고 언제든지 공격할 수 있도록 각자가 무기를 든다. 그러고 있는데 위에서 땅울림이 연이어 들려와, 무언가가 이 던전 안에 들어왔다는 것을 알 수 있었다.

"뭔가 왔어."

"응, 언제든지 공격할 수 있어."

그러나 긴장감이 감도는 가운데, 위에서 들려오던 땅울림은 차츰 잦아들더니 아무리 시간이 지나도 그럴듯한 몬스터가 나타나지 않았다.

"죽었나……?"

"아마도……. 한 번 함정 발동 상황을 확인할 필요가 있겠군."

그렇게 하면 어느 정도 강력한 몬스터였는지 파악할 수 있고, 해치웠다면 함정도 재설치할 필요가 있다.

"나랑 메이플이 보고 올까. 최악의 경우라도 도망칠 수 있을 테고."

"그러네. 어쩌다 함정이 발동해도 메이플이 있으면 안심이니까."

그렇게 해서 두 사람이 휴식 구역에서 발을 내디뎠을 때, 위로 이어지는 통로에서 【포학】 상태일 때의 메이플처럼 악마 같은 뿔과 날개가 달린, 눈과 코가 없는 몬스터 한 마리가 창을 들고서 대미지 이펙트를 흩뿌리며 비틀비틀 날아오는가 싶더니…… 땅에 철퍼덕 떨어져 빛이 되어 사라졌다.

"아아…… 애써 살아서 왔을 텐데."

"그렇……지. 아니, 우리도 살아남는 게 목적이니까. 어쩔 수 없어."

누가 악역이고 던전 보스인지 알 수 없는 상태가 되었지만, 그 악마는 귀중한 정보를 하나 주었다.

"아마 대공(對空) 성능이 부족한 것 같아."

"그러네. 다른 상황도 확인하고 나면 함정을 개량할까."

메이플과 사리가 함정을 확인하러 가 보니, 입구부터 순서대로 함정이 작동했고 지상으로 이동하는 악마의 것으로 여겨지는 소재가 잔뜩 떨어져 있었다.

"재설치도 별로 어렵지 않으니까 다들 불러서 다시 만들자."

"응. 아, 맞다! 마이랑 유이는 커다란 바위도 옮길 수 있으니까 길을 막아서 함정 쪽으로 보낼 수도 있을지 몰라!"

"좋은데. 느긋하게 자고 싶으니까 방어 시설은 탄탄하게 만들어 놓자."

두 사람은 현재 상황을 사진으로 찍어서 기록하고 다시 가장 안쪽으로 돌아갔다.

　그리고 밤이 깊어졌을 무렵 함정 재설치가 끝나 교대로 휴식하게 되었다.
　"자, 그럼. 아무래도 강력한 몬스터는 멋대로 이쪽으로 오는 것 같으니까, 교대로 자야 할 것 같아."
　"우선 입구는 막아놓는 게 어때? 마이와 유이라면 쉽게 할 수 있겠지."
　"확실히 그래! 마이, 유이, 부탁해도 될까?"
　""네, 괜찮아요!""
　마이와 유이는 요격 구역 안에 있는 출입구로 가더니 함정에도 썼던 큰 바위를 몇 개나 꺼내서 통로를 척척 막는다.
　"좋아, 이제 억지로 들어오려는 놈이 있으면 알 수 있겠지."
　안으로 들어오려면 큰 바위를 몇 개나 부숴야 한다. 파괴음이 들리면 즉시 대응하면 되니까 기습당하기 어려워졌다고 할 수 있다.
　"이걸로 일단은 안심일까……."
　"야―호! 사리! 이쪽에서 안 놀래―?"
　몸에서 긴장을 푼 사리를, 거주 구역에서 메이플이 부른다. 남는 시간을 때울 아이템은 인벤토리에 여러 개 있었다.
　지금까지도 그랬듯이 웃는 얼굴로 손을 흔드는 메이플을 본 사리는 슬며시 미소를 짓고 메이플이 있는 곳으로 걸어갔다.

첫날 밤은 이렇게 놀고 쉬는 사이에 점점 깊어져 갔다.

◆ □ ◆ □ ◆ □ ◆ □ ◆

첫날에도 밤이 되면 당연히 탈락자가 있는 법이라, 운영진은 현재 상황을 확인하고 있었다.

"어때요?"

"뭐, 대략 예상대로군. 단지 강력한 테이밍 몬스터를 한편으로 만든 플레이어가 예상보다 편하게 살아남은 정도일까."

"그러라고 만든 추가요소니까요. 오히려 플레이어가 그렇게 테이밍 몬스터로 놀아 주면 바라던 바죠."

"밤의 강화 몬스터는 플레이어를 제법 많이 해치웠네요."

"요격 태세를 갖춘 파티와 주위에 아무것도 없는 필드에서 습격당한 플레이어에서 차이가 났군."

그리고 생존자 분포와 플레이어명을 확인한다.

"【집결의 성검】, 【염제의 나라】 쪽은 거의 전원이 남았네요. 길드 마스터는 말할 필요도 없고요."

"녀석들의 테이밍 몬스터는 세니까……. 그나저나 몬스터 강화 시간인데도 아무렇지 않게 돌아다니면서 탐색하고 있나……. 응? 아, 맞다. 【단풍나무】는 어떻게 됐지?"

"아, 걔넨 동굴에 있어요. 탐색은 접고 농성하는 걸까요."

그렇다면 지금쯤 몬스터들이 밀려들지 않았을까 하고 영상을 전환한다.

그러자 무자비한 즉사급 트랩이 대량으로 쫙 깔려 원형을 알아볼 수 없는 동굴의 모습이 비쳤다. 그곳에 몬스터가 위풍당당하게 뛰어들 때마다 단말마와 함께 사라져 간다.

"무슨 짓을……."

"던전을 생성했는데요……."

"우리가 만든 것보다 살의가 높은데……."

"타워 디펜스 게임이 됐잖아……."

몬스터 따위는 묻지도 따지지도 않고 해치워 버려도 되는 메이플 일행은 적당히 할 필요가 없었다.

들어가면 죽는다. 하지만 몬스터는 플레이어에게 다가가는 것을 멈출 수 없다.

"뭐, 이 정도 강화 몬스터로는 큰 타격을 못 줄 거라고 예상했지만…… 트랩에 죽다니. 전투조차 안 일어날 줄이야."

"2일째를 기대해 보죠. 그리고 쟤들도 낮 동안에는 나와 줄 테니까요."

"더 심플한 동굴로 끝냈어야 했나……."

"그건 그러네요."

"하지만 그랬다간 더미 던전이 금방 들키니까 말이죠."

지금 와서 말해도 소용없다며, 운영진은 영상을 돌리고 다른 난이도도 확인하러 갔다.

3장 방어 특화와 새 콤비.

교대로 쉬긴 했지만, 결국 운영이 준비한 던전을 훨씬 웃도는 수준의 살상력을 가진 메이플 일행의 던전은 돌파당하지 않고, 입구에 쌓은 큰 바위를 몬스터가 깨부수고 오는 일은 없었다.

마지막 보초를 담당했던 사리와 카스미가 잠든 여섯 명을 깨우고 다닌다.

"메이플, 아침이야. 일어나."

"응, 후아⋯⋯암. 안녕 사리, 괜찮았어?"

"아무 일도 안 일어났어. 함정 작동 소리는 꽤 많이 들렸지만 결국 돌파는 안 당한 것 같아."

"다행이다. 좋아! 오늘도 힘내자!"

메이플은 뺨을 짝짝 두드리고 눈을 뜨더니 칸막이로 나뉜 방에서 나갔다. 그러자 이미 모두가 준비를 마치고 언제든지 탐색할 수 있는 상태였다. 메이플은 그 모습을 보고 【단풍나무】 길드 마스터로서 목표를 다시 말한다.

"앞으로 메달 세 개! 그리고 마지막까지 살아남으면 메달 열

개니까 힘내자!"

"그러면 먼저 오늘은 어느 쪽으로 갈지 정할까."

사리가 그렇게 말하고 맵을 열었다. 하지만 어째 상태가 이상한지 사리가 패널을 손가락으로 톡톡 두드린다.

"맵이…… 표시가 안 돼."

"응? 아아, 내 것도 그렇군."

"나도 그런 것 같아. 그리고 메시지 기능도 못 쓰나 봐."

현재 위치 확인과 연락 수단이 없어지면 암흑 속에서 걸어가는 거나 다름없다. 첫날과는 다른 상황에 어쩐지 불길한 예감이 들어 멤버들 사이에서 경계하는 분위기가 감돈다.

"일단 다 같이 움직이자! 뿔뿔이 흩어지면 큰일이니까."

"맞아. 살아남는다는 목표는 달성해야지. 다만 뭔가 일이 생겨서 흩어졌을 때의 표식 정도는 정한 뒤에 가자."

한동안 의논해서 좋은 안도 나왔기에 여덟 명은 밖으로 나가기로 했다.

"좋아, 그럼 표식은 그렇게 하자."

"그러자."

"좋아—! 그러면 가자!"

적이든 아군이든 상관없이 즉사하는 트랩을 대량으로 설치했기 때문에 메이플은 만약을 대비해서 【헌신의 자애】를 발동했다. 그사이 마이와 유이가 큰 바위를 회수하고 여덟 명은 밖으로 향한다.

"오늘은 여덟 명이서 공략인가. 이러면 어떤 적이든 이길 수 있을 것 같아!"

"그러네. 뭐, 첫날에 메달도 두 개 얻었으니까 굳이 흩어지지 않아도 되어서 운이 좋았는지도 몰라."

트랩을 발동시키지 않도록 회수할 수 있는 아이템은 일단 회수하면서 밖으로 향한다.

"아코코, 【베놈 캡슐】도 해제하고 옥좌도 회수해 놔야지!"

악마 같은 몬스터가 나온다면 스킬을 봉인할 수 있을지도 모르는 【천왕의 옥좌】가 필요하다. 회수할 건 회수해서 만반의 태세로 임할 필요가 있었다.

일행은 주울 수 있는 건 전부 줍고 그대로 밖으로 나갔다. 그러자 아침 시간대인데 바깥은 어두침침하고, 하늘에는 별 하나 보이지 않는 어둠만이 펼쳐졌다.

"우우, 어쩐지 불길한 느낌이네……."

"조심해……. 윽! 메이플!"

밖으로 나가 잠시 후, 멤버들의 발밑에 칠흑의 마법진이 전개되었다. 메이플의 【헌신의 자애】 범위에 필적하는 크기여서 마법진 밖으로 물러서기는 불가능했다.

"괜찮아! 회복할 준비만 해 둬!"

메이플이 그렇게 말하자마자 전원이 칠흑빛에 휩싸이고, 메이플은 눈을 꼭 감고 대미지에 대비했다. 하지만 메이플의 몸에는 전혀 충격이 찾아오지 않았다.

"다행이야. 다들 괜찮아? ……얘들아?"

불길한 예감이란 들어맞는 법이라, 눈을 뜬 메이플 주위에는 아무도 없었다.

더군다나 메이플의 뒤에서는 방금 나왔던 거점도 없어지고 어딘지 모를 장소에 있었다.

다시 확인해도 맵에는 현재 위치가 안 뜨고, 메시지도 보낼 수 없다.

뿔뿔이 흩어지고 연락할 수도 없는…… 예상 중에서도 최악의 상황이지만, 예상 밖의 상황이 아니어서 그나마 낫다.

"힘내서 살아남아 줘, 모두……!"

메이플은 메이플이 할 수 있는 일을 해야 한다. 아무튼 미리 의논해 두기를 잘했다고 생각하면서 준비를 시작했다.

멤버 모두가 완전히 뿔뿔이 날아간 듯, 사리는 어둠 속에서 경계하면서 탁 트인 장소를 향하고 있었다.

"예선이 개인전이었던 건 이것 때문인가……. 메이플……은 괜찮겠지만…… 마이와 유이가 걱정이네."

사리가 츠키미와 유키미가 잘 지켜주면 좋겠다고 생각하면서 이동하는데, 앞쪽 지면에 검은 마법진이 나타나더니 악마로 부르는 것이 어울릴 듯한 굽은 뿔과 날카로운 손톱을 가진 몬스터가 나타났다. 몬스터는 날개를 활짝 펼치더니 사리에게 날아들었다.

"오보로, 【구속결계】! ……읔, 안 통하나!"

사리는 악마가 내민 팔을 슥 피하며 옆구리를 깊이 베어내고는 거리를 벌렸다. 그걸 보고 몬스터가 끔찍한 목소리를 내더니 지면에 다시 마법진을 몇 개 전개해서 조금 크기가 작은 악마를 불러냈다.

"오보로, 【불의 동자】."

사리는 무기에 불꽃을 두르고 대거의 사거리를 늘려 진지한 표정으로 맞선다.

"뒤에서도 온다……!"

전투 소리에 이끌렸는지 뒤에서도 무언가가 부스럭부스럭 다가오는 소리가 들려 사리는 더욱더 집중력을 올렸다.

이런 곳에서 죽을 수는 없다.

무엇보다 먼저 뒤쪽의 몬스터 숫자를 파악해야겠다 싶어 아주 잠시 뒤를 보자, 그곳에 몬스터와 싸우면서 이쪽으로 오고 있는 아는 사람의 모습이 보였다.

"프레데리카!?"

"앗, 역시 사리야~? 살았다~. 전위를 찾고 있었어~."

프레데리카는 그대로 뛰어서 다가오더니 사리와 등을 찰싹 맞댄다.

"최소한 그걸 처리하고 오지? 그리고 여긴 어떻게 알았어?"

"미안~. 뭐, 자세한 얘기는 나중에 해~."

"좋아. 그보다 지금은 이걸 정리해야지!"

일시적으로 함께 싸우기로 하고, 두 사람은 각각 무기를 고쳐 쥐었다.

그리고 악마들이 날아오자마자 두 사람도 요격을 개시했다.

"【다중염탄】! 노츠,【돌림노래】!"

"오보로,【불 옮기기】,【그림자 분신】!"

프레데리카가 쏜 수많은 불꽃이 노츠에 의해 더욱 증가하고, 불을 두른 사리가 몬스터에게 연쇄하는 불꽃을 날려서 어둑어둑한 필드가 단숨에 붉게 빛난다.

"방어는…… 필요 없으려나~? 그럼【다중수탄】!"

범위 공격도 없는 몬스터 몇 마리쯤은 사리의 상대가 되지 않는 듯해서 프레데리카는 사리의 화력을 끌어낼 수 있도록 신경을 쓰면서 몬스터를 해치워 나간다.

평소에는 드라그에게 많이 쓰는【다중장벽】도 자기 자신에게 쓰면 받는 대미지를 줄이며 싸울 수 있다. 대미지를 경감하고 회복하기를 되풀이하면서 틈틈이 공격하던 프레데리카가 뒤에서 한층 큰 소리가 들려서 돌아보니 커다란 악마가 사리에게 베여 쓰러지고 있었다.

"나도 끝내야지. 노츠,【증폭】!"

프레데리카가 평소처럼 수많은 화염구를 만들어내자 노츠의 스킬로 불꽃이 더욱 커져 강렬하게 타오르기 시작한다.

"휴~ 어찌어찌 마무리했네~."

화염구가 나머지 몬스터를 불사르고, 두 사람이 불꽃을 꺼뜨리자 필드는 다시 어두컴컴해졌다.

즉석 연계였지만, 몇 번이나 결투해 보면 상대가 하려는 일이나 할 수 있는 일을 알게 되는 법이다.

"후~ 살았어~."

"혼자서도 이길 수 있었잖아."

"아하하, 들켰어~? 뭐, 쬐끔 힘들었던 건 사실이야. 페인이랑 모두의 위치도 멀고~."

"아, 그거. 어떻게 알았어?"

"음~ 그런 스킬이 있거든~. 사리니까 대충은 눈치챘겠지만. 그래서 연락했는데 멀어서~."

프레데리카는 무슨 일이 생겼을 때 의지할 수 있는 아군이 필요했다고 한다. 사리도 PVP가 없는 이번 이벤트에서는 같이 있어도 불리한 점이 없으니까 동행을 거부할 이유가 없다.

"합류 안 하면 던전도 못 가니까~ 너도 합류하고 싶을 것 같은데."

어떻게 합류할 셈일까 하고 프레데리카는 생글생글 웃는다.

"연락할 수단도 없잖아~? 그쪽은 포기하고 우리한테 안 올래~?"

프레데리카는 저쪽이라며 가리키고 사리에게 동행을 제안했다.

"음, 뭐 잠깐 기다려 봐, 아."

"엑, 불꽃놀이? 이벤튼가?"

사리와 프레데리카에게는 멀었지만 커다란 소리와 함께 별 하나 없는 하늘에 번쩍인 그 빛은 확실하게 보였다.

"저거, 메이플의 표식이거든. 저긴가……."

"에엑, 불꽃놀이 화약 같은 걸 들고 올 수 있었던가……."

"아니, 저건 그냥 메이플이 폭탄을 칭칭 감고 폭발한 거야."

"응……? 어, 뭐라고………??"

프레데리카가 사리가 한 말을 곱씹지만, 사리는 그사이에 걸어가 버렸다.

"아, 잠깐만 기다려~! 마침 같은 방향이니까 같이 갈래~?"

"뭐, 좋아. 위험할 것 같으면 버리고 갈지도 모르지만."

"제길~. 합류 수단도 없을 것 같아서 잘하면 협력시킬 수 있을 줄 알았는데~."

항상 뜻대로 안 된다고 투덜거리는 프레데리카를 데리고, 사리는 메이플이 있는 곳으로 가기로 했다.

"드라그는 그냥 그렇지만~ 드레드는 탐지 능력이 높으니까 누군가를 찾았을지도 몰라."

"일시적으로 한편으로 삼을 거면 센 플레이어가 좋다……는 거네. 뭐, 고를 수 있을 만큼 플레이어를 찾을 수 있어야겠지만…… 노츠가 파악해 주는 범위가 꽤나 넓나 보네? 이러면 기습도 안 통하려나."

"그건 노코멘트~. 아, 근처에 재밌는 게 있는데~ 한번 구경하고 갈래~?"

"그 얼굴…… 몬스터지? 안 가."

"들켰나~."

그러면서도 기척을 알 수 있는 프레데리카는 노츠의 능력이 계속되는 동안 몬스터를 잘 피해서 길을 이끌었다.

"으음……. 예정대로지만…… 빨리 아무나 와 줬으면 좋겠다……."

메이플은 어둠에 녹아들어 멀리서 보면 그림자로만 보이는 시럽의 등에 타고 병기로 하늘로 날아올랐다가 폭발하기를 정기적으로 반복하고 있었다. 도중부터는 그냥 폭발만 하기 지겨워져서 진짜 불꽃놀이처럼 보이도록 폭발에 반응해 터져서 빛나는 아이템도 쓰고 있었지만, 모두가 무사한지 불안하기도 해서 진정이 되지 않았다.

"좋아, 한 번 더!【공격 개시】!"

메이플은 시럽의 등에서 날아올라 더욱 높이까지 뛰고는 불을 붙인 폭탄이 폭발하는 데 맞춰 눈을 감고 귀를 막았다.

그러고 있었던 탓에 메이플은 옆에서 날아온 악마형 몬스터를 알아차리지 못하고 공중에서 콱 붙잡혔다.

"으엑!? 아, 거기 있으면 안 돼……!"

몬스터가 달려든 직후 메이플의 몸에 있는 폭탄이 전부 폭발해 몬스터의 몸이 산산조각 나 흩어진다.

"와와왓, 어긋났…… 시럽-!"

비스듬히 날아가게 된 메이플은 시럽을 이동시키려고 했지만, 시럽은 원래부터 터무니없는 수단으로 공중에 띄웠을 뿐이라 빠르게 이동할 수가 없다.

이대로는 땅까지 수직낙하를 피할 수 없다. 이대로 낙하할지, 한 번 더 폭발해서 시럽에게 잘 올라타는 데 도전할지 생각하고 있는데, 갑자기 바로 밑에 부드러운 것이 들어와 폭 받쳐 주었다.

"응, 우우? 어라?"

"괜찮으세요……?"

"정말이지, 언제 보아도 놀라게 만드는군. 묘한 짓을 하고 있구나, 메이플."

메이플이 착지한 곳은 거대화한 이그니스의 등이었다. 그리고 거기에는 이그니스의 주인인 미이와 함께 어째서인지 마이가 있었다.

"미이! 랑…… 마이? 왜 같이 있어?"

"【단풍나무】를 억지로 떨어뜨릴 마음은 없으니까 말이다. 도중에 우연히 발견해서 데리고 왔다."

"그렇구나! 고마워!"

"메이플도 조심해라. 아무래도 맵이 끝에서부터 차례로 어둠에 삼켜지고 있는 모양이다. 끝으로 갈수록 몬스터도 강력해진다. 내 파티도 당한 듯하군."

"응, 알았어! 조심할게. 음, 미이한텐 또 뭔가 보답해야겠네."

"그렇다면 보답으로 하나 부탁하고 싶은 것이 있다."

"뭔데뭔데? 뭐든지 괜찮아!"

메이플이 그렇게 말하자 미이는 인벤토리에서 부적을 꺼내 두 사람에게 보여주었다.

"이것을 가지고 있어다오. 뭐, 이 이벤트가 끝날 무렵에는 사라질 거다."

"그거면 돼? 으음, 【표시의 부적】······?"

두 사람은 효과 설명문이 없는 아이템을 보고 이상하다는 듯 고개를 갸웃했지만, 미이는 더 말하지 않고 마이를 내려주고는 이그니스의 등에 타고서 하늘로 훌쩍 날아올랐다.

"다시 만날 일도 있겠지. 그것이 메달 쟁탈전이 아니기를 바란다."

"응, 또 봐-! 고마워!"

"고, 고맙습니다!"

미이는 두 사람에게 손을 흔들고 그대로 날아가 버렸다. 생각지도 못한 방법으로 마이와 만나서 이제는 여섯 명이 남았다.

"이제 마이는 지킬 수 있으니까 순조롭네! 마이랑 유이는 HP가 적으니까 빨리 합류할 수 있어서 다행이야!"

"그러네요. 살았어요······. 【염제의 나라】 사람들은 뭔가로 연락을 주고받는 것 같았어요.”

“헤에, 좋겠다. 그렇담 내가 후다닥 날아가서 합류할 수 있을 텐데!”

우선은 전원이 모여야 한다면서 메이플은 다시 표식 역할로 돌아갔다.

한편 마이를 메이플에게 맡긴 미이는 이그니스에 탄 채 하늘을 날고 있었다.

“휴, 잘 데려갈 수 있어서 다행이야. 둘 다 기뻐했고. 자, 서두르자!”

미이는 인벤토리에서 크리스탈을 꺼내 부쉈다. 마르크스에게 받은 그 아이템은 마르크스가 스킬로 만든 【표시의 부적】과 대응하는데, 부적을 가지고 있는 인물의 위치를 볼 수 있는 물건이다.

“켁, 파티 멤버가 세 명밖에 안 남았어……. 이래서는 던전 공략은 힘들까……. 크, 강제 전이라니, 운영이 단숨에 탈락시키려고 하는구나.”

좌우지간 미이는 가까이 있는 동료 중에서 위치를 나타내는 마커 이동이 격렬해 전투 중으로 생각되는 순서대로 합류하고자 이그니스를 날게 했다.

어둠 탓에 행동 범위가 좁아지기도 했고 강력한 플레이어끼리 한번 만나면 힘을 합쳐 싸우는 일도 생겨서, 다른 장소에서도 정상급 플레이어 두 명이 몬스터 무리를 상대하고 있었다.

"큭! 이 숫자 좀 어떻게 안 되나!"

"이래 봬도 유리한 속성이기는 한데요……!"

미저리와 크롬은 수십 마리나 되는 몬스터에 에워싸여 탈출 기회를 엿보고 있었다. 두 사람은 예전에 정글 이벤트 때도 함께 싸웠지만, 그때와 달리 HP 회복이 가능하다. 미저리는 MP의 대부분을 크롬의 회복에 돌리고 크롬은 계속해서 미저리를 감싸며 죽어가다가 죽음의 문턱에서 돌아오기를 반복했다.

"네크로, 【버스트 플레임】!"

"【홀리 스피어】!"

미저리의 마법도 지금 필드에서 날뛰고 있는 악마형 몬스터에게는 유효하지만, 그래도 방패와 회복 마법 전문인 두 사람만으로는 공격력이 부족했다.

"안 죽어! 하지만 죽이지도 못해!"

"그러네요……. 몬스터 추가 소환도 끝난 것 같고……."

크롬에게도 미저리에게도 대미지 경감 스킬과 대미지 무효 스킬, 소생 스킬이 남았다. 한두 번 무너져도 쉽게 다시 일어날 수 있는 것은 【단풍나무】에는 없는 강인함이다. 크롬은 네크로의 형태를 철컥철컥 바꿔 공격과 방어를 되풀이한다.

"버틸 수는 있지만, 이놈들은 발도 빠르고…… 미저리, 어떻게 안 되겠어?"

"버티고 계세요! 구조를 기대할 수는 있어요!"

"오케이, 믿을게! 【활성화】! 네크로, 【유령갑옷 · 단단한 우리】!"

크롬은 네크로를 방어 특화 형태로 바꾸고 공격을 정확하게 튕겨내며 미저리의 말대로 시간을 벌었다.

회복 능력이 뛰어난 두 사람이라면 대미지를 받아도 버티는 전략이 성립한다.

【염제의 나라】의 미이 일행과 달리 방패를 가진 크롬은 공격으로 전환할 필요가 없을 때는 몬스터에게 포위당해도 단단한 가드를 살려 오랜 시간을 버틸 수 있다. 그렇게 한동안 방심할 수 없는 전투가 이어지고, 크롬의 집중력이 떨어지기 시작해 조금씩 피격당하는 일이 늘어났다.

"【데드 오어 얼라이브】의 운에 따라 달라지지만…… 그 구조란 게 슬슬 와 주면 고맙겠는데!"

"네, 괜찮아요. 지금 온 것 같아요."

"응? 오오옷!?"

미저리의 목소리와 동시에 두 사람과 주위의 몬스터를 한꺼번에 감싸는 커다란 화염구가 내려와 지면에 불꽃이 날뛴다. 크롬이 네크로의 힘을 빌려 쏘는 불꽃과는 위력이 비교도 안 되는 그 불꽃은 크롬이 찔끔찔끔 깎을 수밖에 없었던 몬스터의 HP를 단숨에 깎아내고 빛으로 만들어 버렸다.

"우오…… 엄청난데…….."

"후우, 이제 일단은 안심이네요. 미이, 고마워요."

"그래, 미저리, 무사해서 다행이다. 응? 여기에도 【단풍나무】 멤버가 있는가."

"응? 또 누굴 봤어?"

"쌍둥이 중 마이였던가. 뭐 사정이 있어서 메이플이 있는 곳에 보내주고 온 참이다."

"오오! 그것참 고맙군."

"미이, 이제 어떡할 거예요?"

"신과 마르크스는 살아 있겠지. 합류하러 가자."

"음…… 그럼 나도 따라가도 될까."

크롬이 그렇게 말하자 두 사람은 이상하다는 얼굴을 했다. 그도 그럴 것이 크롬은 두 사람과는 목적이 전혀 달랐다.

"아니, 미저리와 합류하기 전에 몇 명인가 플레이어의 비명을 들었거든? 이 넓은 필드에서 이렇게나 플레이어를 많이 만난다면, 전이하는 곳은 어느 정도 정해져 있는 게 아닐까 싶어서."

그렇다면 마르크스나 신 근처에 【단풍나무】 멤버가 있을 가능성도 있다. 그리고 미이와 미저리에게도 강력한 탱커가 있으면 든든하다. 데려가면 확실히 이득이다.

"상관없다. 괜찮겠지, 미저리?"

"네, 괜찮아요."

"좋아, 그럼 그렇게 부탁해."

세 사람은 이그니스의 등에 타고 조속히 합류하려고 하늘을 날아간다.

"이 근처에 있는 건가?"

"조금 멀리, 산을 하나 넘어간 건너편이다."

"합류하게 해 줄 생각은 거의 없을지도 모르겠네요……. 필드도 줄어들었긴 해도 아직 넓고요."

"3일째가 되면 또 바뀔지도 모른다. 아무튼 강화 몬스터가 나타나는 시간대가 되기 전까지 거점도 설치해야겠군."

악마형 몬스터는 대량으로 넘치는데다 제법 강하지만, 2일째의 강화 몬스터가 아니다. 이대로 합류하지 못하고 몬스터가 강화되면 희생이 더 커질 거라고 예측할 수 있었다.

"가는 길에 우리 쪽 멤버도 찾으면 좋겠는데…… 으응?"

"무슨 일이냐."

"어쩌면 우리 멤버도 있을지도 몰라. 첫날에 휘말린 기억이 있는 폭발이야."

이그니스가 향하는 쪽에서 번개와 불꽃이 어둠을 가르며 빛나는 것을 본 크롬은 화나면 무서운 생산직의 모습을 떠올렸다.

"어쩌지?"

"어쩌긴…… 둘이서는 아무것도……."

바위와 덩굴 벽으로 방어를 굳히고 그 안에 틀어박힌 사람은 마르크스와 이즈였다.

둘 다 설치나 준비 시간이 없으면 싸울 수 없는 타입의 플레이어라서 도망쳐 다니다가 딱 마주친 것이다.

"마르크스, 앞으로 얼마나 버틸 수 있을 것 같아?"

"지금 설치량이면…… 5, 5분 정도?"

"나도 풀파워로 아이템을 만들 테니까, 교대로 방어하면서 나아갈 수밖에 없겠네!"

이즈는 그렇게 말하고 공방을 전개하여 잇달아 아이템을 만든다. 그리고 마르크스가 말한 대로 딱 5분 만에 벽이 파괴되고 몬스터가 밀어닥친다.

"이건 어때!"

그러나 그 몬스터는 이즈가 생산한 얼음 결정이 만들어낸 얼음벽에 가로막혔다. 두 사람은 그에 맞춰 조금씩 이동하면서 어떻게든 유리한 지형으로 도망칠 수 없을까 생각했다.

"이번에는 내가 할게. 또 아이템을 만들어 놔……."

"그래. 하는 수 없지만 이번에도 돈이 왕창 깨질 것 같은걸."

보유한 골드도 생각해 가면서, 마르크스와 이즈가 번갈아가며 부지런히 함정과 아이템을 생산해 간신히 생존을 이어간다.

"우우, 점점 상황이 안 좋아지는데……. 미이, 빨리……."

"동굴이 있어! 저기라면 맞아 싸울 수 있지 않을까!"

"응, 하지만 좀 거리가 있잖아."

"단숨에 갈 수 있는 방법이 있어!"

"진짜…… 살았다…… 어?"

이즈가 인벤토리에서 물덩어리를 꺼낸다. 그것은 두둥실 떠올라 두 사람의 발밑에 맴돈다.

"페이! 【아이템 강화】."

"윽, 이건! 메이플이 잘하는 그거!"

"정답! 꽉 붙들어!"

"악, 악!"

이즈가 마르크스를 붙잡은 채 발밑의 물구슬을 밟았다. 그러자 강화된 물구슬에서 어마어마한 양의 물이 단숨에 넘쳐흘러 두 사람을 날려 버리듯이 떠내려 보낸다. 그리고 몬스터 무리를 빠져나와 그대로 동굴로 굴러들어가는 데 성공했다. 이제부터 요격하려고 태세를 취하기 직전, 두 사람의 발밑이 하얗게 빛나고 빛이 두 사람을 감싼다.

"이건."

"우와아…… 전이다…….”

발동해 버리면 어쩔 도리가 없어서, 두 사람은 그대로 동굴에서 사라져 다른 장소로 날아갔다.

빛이 잦아들고 두 사람이 눈을 뜬 곳은 벽은 돌벽이고 지면은 사락사락한 모래로 덮인 통로였다. 뒤쪽이 바로 벽인 걸 보면 조금 전까지 고민거리였던 몬스터는 없는 듯하지만, 새로운 문제가 발생했다.

"던전에 들어와 버렸네."

"두, 둘이서? 어, 어쩌지……."

후방 지원 역할인 둘이서는 어떤 보스냐에 따라 막다른 길일 수도 있다.

"미이도【표시의 부적】만 보고는 전이한 데까지 못 오는데……. 우와, 완전 위험해."

"어떻게 할까. 이대로 던전 안에서 지내는 건 어때? 다른 사람이 올 수도 있어."

"일정 시간이 넘게 있으면 강력한 몬스터가 나와……. 첫날에 호된 꼴을 당했어."

떠올리기도 싫은 듯한 마르크스를 보고 이즈도 그 말이 거짓이 아님을 알 수 있었다.

"그렇다면 난처하네. 어떻게든 공략할 수밖에 없으려나."

"응. 그럴 수밖에 없을 거야. 아낄 상황도 아니니…… 클리어,【투명화】."

마르크스의 머리에 앉아 있던 카멜레온이 스킬을 발동하자 이펙트가 마르크스와 이즈를 감싼다.

"이제 부딪치지만 않으면 인식 안 당하니까……. 뭐 보스한테는 안 통하겠지만. 바깥 몬스터한테도 안 통했고, 곤란해."

"과연. 좋은 능력이네! 함정사라 더 좋고."

"그, 그런가?"

그때부터 잡몹에게 인식당하지 않게 된 두 사람은 잘 관찰하면서 던전을 나아가게 되었다.

"모래……. 정글 이벤트 때 간 유적이랑 비슷한데."

"크롬이랑 카나데도 공략했다는 그거 말이구나. 확실히 그런 느낌이 드네."

그리고 나아가자 지면의 모래가 불룩 솟아오르더니 모래로 된 커다란 창과 갑옷을 장비한 몬스터가 일어선다. 그 몬스터는 몸까지 모래로 되어 있는지 모래를 사락사락 흘리며 이쪽으로 다가온다.

"괜찮아. 이런 느낌이라면 안 보일 거야…… 아마도."

"가장자리에 붙자."

이즈와 마르크스는 벽에 딱 달라붙어 가만히 모래 병사가 지나가기를 기다렸다. 클리어의【투명화】가 제대로 통했는지 두 사람은 들키지 않아 안도의 한숨을 내쉬었다.

"후우, 이러면 제일 안쪽까지 갈 수 있을 것 같네."

"응, 일단 여기서 안 나가면 아무것도 안 돼……."

두 사람은 그대로 보스방을 찾아 안쪽으로 또 안쪽으로 던전을 나아갔다.

클리어의 힘도 있어서 두 사람은 보스방 앞에 어렵지 않게 당도할 수 있었다. 문제는 이제부터다.

"어, 어떡하지. 여기까지는 왔는데…….."

"그러네. 뭐, 할 수밖에 없지 않을까."

"그치…….."

"자, 힘내야지. 그리고 문 앞에서는 얼마든지 준비할 수 있잖아?"

"어? 응, 뭐 그렇지."

두 사람은 기본적으로 딜러가 있는 상황에서 후방 지원을 하는 멤버로서 던전에 임한다.

보통은 자신들이 대미지를 주려고 준비해 봤자 시간만 잡아먹으니까 안 하는 것이다.

하지만 이번에는 그렇게 안 된다.

"어떤 상대인지는 모르지만, 준비할 시간을 주면 무섭다는 걸 알게 해 줘야지."

"응, 그래. 알았어. 나도 제4회 이벤트 때랑은 달라."

그리고 두 사람은 제작에 시간이 걸리는 아이템과 발동에 시간이 걸리는 스킬을 준비하고, 완전히 준비를 마친 뒤 문을 열고 안으로 들어갔다.

안쪽은 공간이 넓고 바닥이 마치 사막처럼 모래투성이였다. 그리고 방 가장 안쪽에는 사암으로 된 옥좌가 있고, 도중에 본 병사보다 훌륭한 모래 창을 들고 빨간 망토와 금색 갑옷을 걸쳐서 왕으로 보이는 자가 있었다.

그자는 두 사람이 방에 들어가자마자 클리어의 투명화에도 개의치 않고 앉은 채 창으로 바닥을 쿡 찔렀다. 그러자 바로 앞의 모래에서 병사가 주루룩 정렬하여 일어섰다.

"네가 병사라면…… 우리는 성이야.【설치 · 하룻밤 성】!"

마르크스가 스킬을 발동하자 두 사람을 둘러싸듯이 거대한 벽이 올라와 요새를 형성한다. 마르크스는 다시 스킬을 발동해 악마 몬스터에게서 몸을 지켰을 때처럼 덩굴과 바위로 수많은 바리케이드를 만들었다. 그사이 이즈는 마르크스가 만든 요새에 아이템과 포대를 늘어놓는다.

"평소엔 메이플의【기계신】으로 충분하지만, 지금은 쓸 수 있어!"

"이다음은 우리도 병사야.【원격설치 · 물의 군대】,【원격설치 · 꽃의 기병】."

어디까지나 트랩이라서 몬스터가 근처에 오면 발동하고 일회용이라 효과도 짧지만, 소환된 모래 병사를 상쇄해 주면 머릿수의 불리함을 없앨 수 있다.

"지키는 건 특기니까…… 보스를 부탁해."

"알았어. 포탄 선물이다!"

이즈는 페이로 포탄과 대포를 강화하고 포탄에【리사이클】을 걸었다. 이걸로 방 안쪽까지 쉽게 닿고 여러 번 폭발하는 진귀한 포탄이 완성됐다.

"전탄, 발사할게!"

요새에 늘어선 대량의 대포에서 발사된 포탄이 옥좌를 향해 정확하게 날아가 그 일대가 폭염에 휩싸인다.

"우와…… 새, 생산직이라는 거 거짓말 아니야?"

"어머, 진짠데. 공격도 약간 할 수 있게 됐을 뿐이야."

"약간……?"

"어머, 잡담할 여유가 없을 것 같아. 아직 쌩쌩해."

"뭐, 보스니까. 하지만……."

"그래, 준비는 만반인걸."

이즈는 인벤토리에서 또다시 수많은 포대와 폭탄이 장전된 투석기를 꺼내고, 마르크스는 모래 병사를 밀어버릴 기세로 트랩을 원격설치해 나간다. 폭탄은 모래 병사를 쓰러뜨리고, 전선(前線)을 밀어내고, 마르크스의 트랩이 깔린 지역을 넓혀 간다.

"좋아…… 그럼 이대로 거리를 좁힐게."

"응, 괜찮아."

"【체인지】."

쿨타임은 길어도 설치한 함정 두 개의 위치를 뒤바꾸는 스킬. 쿨타임이 긴 이유는 단순한 편리 스킬이 아니라서다.

모래 병사를 밀어젖히고 왕 바로 곁에 설치한 트랩. 그것과 뒤바꿀 트랩은 정해져 있다.

"어머, 이렇게나 가까우면 노리기 쉬운걸."

위치를 바꾼 것은 당연히 【하룻밤 성】이었다. 그리고 거기에는 수많은 대포가 왕을 겨누고, 더욱 접근했을 때 쓸 폭탄이 사방에 널렸다.

대량의 트랩과 요새로 뒤에서 소환된 모래 병사를 차단하고 인벤토리를 텅 비울 기세로 왕에게 폭탄을 던진다.

"구속쯤은 할 수 있어……."

단단히 강화된 거점이 통째로 접근해 오면 지휘관 타입의 보스는 불리하다. 마르크스에게 사지를 결박당하면서도 창을 내민 보스는 그 순간에 천장까지 닿을 듯한 폭발에 휩싸여 모래가 되어 사라졌다.

"생각보다 잘됐네?"

"역시…… 【단풍나무】는 이상해. 아, 메달이다."

"어머, 나한테도 들어왔어. 이러면 2일째는 합류와 거점 만들기에 투자해도 괜찮을지 모르겠네."

"아, 맞다. 합류해야 하지……."

그때 두 사람의 몸이 빛에 감싸여 원래 필드로 돌아간다. 원래 있던 장소에 돌아온다는 것은 또다시 그 몬스터들에게 에워싸인다는 뜻이라서 두 사람은 경계하며 각자 전투태세를 취했지만, 몬스터들은 없었다.

대신 그곳에는 화염구 두 개를 조종하는 미이와 회복에 전념하는 미저리, 바로 조금 전까지 몬스터에게 에워싸였던 크롬이 있었다.

"오, 진짜로 있었군. 이즈, 무사한 것 같네."

"마르크스도 무사했느냐, 다행이다."

"응, 뭐……. 일이 많았지만, 결과적으로는 무사? 하네."

"그리고 메달도 들어온 거 같은데요……?"

"내 쪽에도 알림이 온 걸 보면 둘이서 해치운 거야?"

"여러 가지로 상성이 좋았어."

"응…… 그치."

기분 좋은 오산이라며 메달 한 개를 얻은 사실에 각자 웃음을 짓는다. 세 사람은 【표시의 부적】의 반응이 사라진 부근에서 마르크스를 기다리고 있었던 것이다.

"크롬이랑 합류해서 다행이야. 이제 안심하고 메이플이 있는 곳까지 갈 수 있을 것 같네."

그러자 크롬이 동행하고 있는 이유를 이즈에게 설명했다. 이유를 듣고 이즈도 동행하기로 했다. 사람은 많을수록 좋다.

"하지만 태워 주는 것도 미안하니까 포션을 몇 개 줄게. 미이는 알겠지만, 내 특제품이야."

"그래, 고맙다. 신을 찾으면 메이플에게 데려다 주마. 그 정도는 상관없다."

"고마워, 살았어."

"저기, 데리러 가려고 할 때 이런 얘기를 해서 미안한데…… 신의 【표시의 부적】이 사라졌을지도 몰라."

"뭣이? 그리 쉽게 당할 거라 생각할 수 없는데……."

신의 실력을 잘 아는 미이가 의아한 얼굴을 했다. 그렇다면 반응이 사라지는 경우는 하나뿐이다.

"던전에…… 들어간 걸지도?"

마르크스 본인도 바로 조금 전에 체험한 일이다. 그리고 그 추측은 정확했다.

"끙. 난처하군."

"그래, 설마 마법진의 규모가 그 정도로 컸을 줄이야."

대화 중인 사람은 신과 카스미다. 카스미는 근처에 【단풍나무】 멤버가 없는지 찾기 위해 하쿠를 【초거대화】시켜 이동하고 있었기 때문에 누가 보면 바로 카스미라는 걸 알 수 있었다. 그곳에 【단풍나무】 멤버가 아닌 신이 온 것이다.

그리고 두 사람이 있던 숲 일대를 감싸듯이 바람이 일어나더니 내부에 있는 플레이어를 던전으로 무차별 전이시켰다.

두 사람에게도 바로 조금 전 메달 획득 알림이 떴다. 이런 일이 일어난 탓에 두 사람도 어떤 경위로 그 메달을 획득했는지 어렴풋이 짐작할 수 있었다.

"왜 발동했는지 모르겠다만, 그나마 하쿠가 움직일 수 있는 공간이 있어서 다행인가."

"그렇군. 하지만…… 희미하게 비명이 들려. 조심하는 게 좋겠어."

카스미는 하쿠가 언제든지 감쌀 수 있도록 커다란 몸뚱이를 곁에 두면서 숲속을 걸어간다. 숲은 필드와 비슷하게 어두컴컴해서 언제 뭐가 튀어나와도 이상하지 않을 만큼 불길했다.

비명만 때때로 들리던 숲에서 갑자기 땅울림이 들려와 두 사람은 전투태세를 취했다.

"……! 카스미!"

"그래, 온다! 【심안(心眼)】!"

카스미는 스킬을 사용해 적의 공격을 예측했다. 그리고 시야 전부가 대미지 범위로 붉게 표시된 광경을 보았다.

"신! 이쪽이다!"

"어, 으응!"

제때 피할 수 없다고 깨달은 카스미는 즉시 하쿠에게 두 사람을 중심으로 똬리를 틀게 하고 비늘을 딱딱하게 변화시켰다.

그 직후 단단한 것끼리 부딪치는 커다란 소리가 들려서 두 사람은 위를 보았다. 그러자 하쿠에게 튕겨서 궤도가 바뀐 대형 지네가 하쿠 위를 스르르 빠져나가는 것이 보였다. 그리고 다시 땅울림이 들리고 카스미의 시야에 대미지 범위가 표시되지 않게 되자 두 사람은 어깨의 긴장을 풀었다.

"으엑, 껍질도 단단해 보였어. 저런 놈을 잡을 수 있을까?"

"비명을 들어보니 아마도 다른 플레이어도 날아오고 있는 것 같군. 애초에 혼자나 둘이서 잡을 만한 놈이 아닐 테지."

"그렇겠지. 성가신데."

"하지만 해치우지 않고서는 아무런 방도가 없겠지. 계속 여기 있을 수도 없다."

"그렇지. 좋아, 지네 퇴치에 나서 볼까! 웬, 【각성】, 【붕검】!"

매 테이밍 몬스터가 날아감과 동시에 이펙트와 함께 신의 검이 분열해 공중에 떠오른다. 그 숫자는 제4회 이벤트에서 카스미가 봤을 때보다 훨씬 늘어나, 자유자재로 조종할 수 있다면 상당한 공격력이 되리란 걸 알 수 있었다.

"또 늘었군?"

"그래, 웬도 공격 횟수 중시형이거든. 너희 쪽의 사리는 나와 상성이 나쁠지도."

"사리라면 태연하게 피할지도 모르겠다만……."

"뭐, 그럴 수도 있지. 하지만 언젠가 싸워 보고 싶어."

"길드 홈에 오면 된다. 특히 프레데리카는 자주 오고 있지."

"그것도 괜찮겠군. 사리를 맞힐 수 있다면 초일류 아니겠어! 어이쿠, 슬슬 해 보실까!"

"그래, 그리하자."

카스미는 하쿠의 방어를 풀고 양옆에 【무사의 팔】을 불러내 전투태세를 취했다. 그러자 다시 시야가 대미지 범위로 뒤덮인다.

"정면에서 온다!"

"오케이. 웬, 【풍신】!"

카스미의 신호에 맞춰 신이 바람 칼날과 【붕검】을 쏜다. 그 공격은 튀어나온 대형 지네의 머리부터 몸통까지 가르지만, 지네의 움직임은 멈추지 않았다.

"쳇, 꽤나 단단하군!"

"하쿠!"

다시 땅에 숨어들게 하지 않으려고 옆에서 하쿠를 돌격시켜 그대로 물어뜯고 조인다. 그 틈에 카스미는 대형 지네의 몸통에 뛰어올라 칼을 슥 겨누었다.

"【제2의 검 · 참철(斬鐵)】!"

단숨에 내리친 칼이 대형 지네의 방어를 관통하여 껍질을 가르고 몸에 깊이 상처를 낸다. 손에 충분한 반응이 전해지고, 그대로 하쿠가 몸을 조르고 단숨에 머리에서 몸통까지 물어서 뜯어냈다.

"어이쿠, 엄청난 파워잖아, 이 뱀."

"후후, 자랑스러운 파트너지."

그러나 카스미가 대형 지네에게서 내려와 신에게 가려고 했을 때 뒤에서 찢어진 몸과 머리가 꿈틀꿈틀 움직이더니 하쿠의 구속을 빠져나와 양쪽 지면에 파고들었다.

"이상하게 빨리 죽는다 했더니, 이제부터 본게임인가?"

"아마도. 【심안】 효과도 끊겼다. 신, 경계를 풀지 마라."

그리고 두 사람이 땅울림을 주의 깊게 듣고 있자 다시 대형 지네가 다가오는 기척이 났다. 예감이 적중하고 지네 두 마리가 뛰쳐나온다. 아까와 다른 점은 크기가 약간 작아졌다는 것뿐, 온몸이 확실하게 재생된 상태로 두 사람에게 달려들었다.

"카스미!"

"그래!"

더 말하지 않고도 두 사람은 각자 한 마리씩 맞서서 자신의 무기를 휘두른다.

"놓칠까 보냐. 웬, 【바람의 우리】!"

"하쿠, 그대로 붙잡고 있어라."

카스미가 양옆의 무사의 팔과 함께 칼을 휘둘러 조금 전과 마찬가지로 베어낸다. 신도 웬으로 공중에 지네를 붙들어놓고 자유자재로 날아다니는 검으로 마구 베고 있다.

"내구력은 떨어졌군."

"그래, 대신 조금 빨라진 느낌이다."

"또 분열했군. 게다가 분열 후에는 확정으로 도망치나……."

하쿠의 구속도 웬의 【바람의 우리】도 아랑곳하지 않고 도망쳤다가 다시 덮쳐든다. 그사이 지네는 배로, 또 배로 늘어나 16마리가 되었다. 8마리였을 때도 공격에서 빠져나간 지네가 카스미에게 대미지를 주었기 때문에 정면에서 요격하기는 어려워졌다.

"큭, 작아져도 공격력은 변함없나……."

"하지만 HP는 줄어들었어. 지금부터는 내가 활약할 수 있을 것 같은데! 카스미, 미처 못 해치운 놈만 숨통을 끊어 줘!"

"그래, 요격은 맡기마."

그때 다음 습격이 발생해 지네들이 360도를 포위하고 달려든다.

"16마리쯤은 쉽지!"

웬의 【풍신】으로 만들어낸 바람 칼날이 지네들을 균등하게 베어내고, 거기서 살아남은 놈들부터 차례대로 비상하는 검이 꼬챙이처럼 꿰뚫는다.

"HP를 줄였을 때 네놈들의 운도 다한 거다!"

결국 신의 공격에서 빠져나오지 못하고, 카스미가 공격할 필요 없이 32마리, 64마리 지네의 습격도 클리어한다.

"이건 범위 공격이 없으면 지옥이군."

"다음은 128마리일까?"

"글쎄? 뭐, 숫자로는 나한테 못 이겨."

그렇게 말하는데 지금까지의 땅울림을 아득히 넘는 소리가 들리더니 처음에 나왔던 한 마리보다 큰 지네가 날카로운 턱을 번쩍 빛내며 달려든다.

예상했던 것과 크게 다른 모습에 의표를 찔려 반응이 늦어진 신과는 달리 카스미는 순식간에 칼을 겨누었다.

"【자환도(紫幻刀)】!"

덮쳐드는 지네가 떠밀릴 듯한 기세로 고속 연속 공격이 쏟아진다. 무사의 팔도 그에 반응해 무시무시한 속도로 칼을 휘둘러 지네의 껍질이 머리부터 차례대로 금이 간다.

스킬이 끝나고 몇 자루나 되는 칼이 지네를 에워싸듯이 나타나 단숨에 모여든다. 에워싸고 날아드는 강력한 힘이 그대로 지네에게 돌아가, 지네는 그대로 빛이 되어 사라졌다.

"하, 과연. 다음번에 두 배가 되면 백 자릿수였으니까 거기서 멈춘 건가……. 그건 그렇고 꽤 작아졌네."

"시끄럽다. 계속 보면 베겠다."

카스미가 순간적으로 발동한 현존 최고 화력 스킬. 그 스킬을 쓰면 반작용으로 몸이 줄어든다. 되도록 쓰지 않으려고 했지만, 아낄 상황이 아닌 경우에는 쓸 수밖에 없다.

"하쿠, 태워라. 큭…… 노, 높군."

"아, 도와줄까?"

"얼마 있으면 원래대로 돌아간다. 뭐냐, 어린애를 보는 듯한 그 눈은!"

"하하하, 아니 정말로, 카스미네 길드는 다들 재미있는 스킬을 가지고 있네."

그때 두 사람에게 메달 획득 알림이 뜨고 몸이 빛에 휩싸인다.

"몸이 원래대로 돌아갈 때까지 전투에는 참가하지 못한다."

"그래, 괜찮잖아. 미이도 찾아오고 있을 거고. 게다가 그 뱀이 있으면 몬스터는 어느 정도 해결되겠지."

카스미가 간신히 하쿠에게 기어올랐을 때 두 사람은 원래 필드로 전이되었다.

이벤트 2일째에 상황이 급변하여 탈락한 사람들.

그들은 어느 난이도에 도전했었는지, 어떤 보스에게 죽었는
는지 이야기하기 위해 게시판에 모여들었다.

————————————————————————

354이름:무명의 대검 유저
찢어놓는 건 완전 예상 밖이었어
개인전은 예선에서 끝난 줄 알고 방심했어

355이름:무명의 창 유저
그치
보통 난이도에서도 솔로는 진짜 힘들었어
테이밍 몬스터가 있었는데도

356이름:무명의 마법 유저
나도 합류 못해서 끝장났어
역시 하늘을 날 수 있는 몬스터가 편리하겠더라

357이름:무명의 활 유저
사람을 태울 수 있는 몬스터는 엄청 레어고
레벨을 못 올리고 예선이 시작됐다간 본전도 못 찾으니까
결국 난 비행형은 포기했어

358이름:무명의 창 유저
근데 보통 난이도가 이러면 최고 난이도는 어떻다는 거야

359이름:무명의 대검 유저
아니 평범하게 지옥이었어

360이름:무명의 창 유저
오, 참가할 수 있었던 거냐
자세하게 말해봐

361이름:무명의 대검 유저
모처럼 도전할 수 있으니까 고른 건데 장난 아니었어
여기저기서 악마가 튀어나오는데 무지 세더라고

362이름:무명의 마법 유저
뭐야 그거 무서워
메이플 같은 게 튀어나온 거야?

363이름:무명의 대검 유저
완전 딱 맞진 않지만 비슷한 느낌?
예선에서 제법 괜찮았어서 살아남을 수 있을 줄 알았는데
날려간 위치가 안 좋아서 망했어

364이름:무명의 활 유저
최소한 전이한 곳에 같이 싸울 수 있는 플레이어가 있었다면
같이 싸워서 어떻게 됐을지도 모르는데

365이름:무명의 대검 유저
그러게
잡몹도 꽤 세지 않았어?
한순간 방심했더니 단숨에 무너졌는데

366이름:무명의 활 유저
첫날에 페인네 파티가 싸우는 걸 봤어
던전을 찾아서 팍팍 돌아다니는 것 같아서 차이가 느껴지더라
최고 난이도는 저런 클래스를 위한 거겠지

367이름:무명의 창 유저
최고 난이도 넘 무서워
참가 안 해서 다행이야

368이름:무명의 마법 유저
난 오히려 참가해 보고 싶었는데
양산형 악마 메이플에게 유린당해보고 싶어
……안 그래?

369이름:무명의 대검 유저

악마랑 만나기 전에 죽을걸

여기저기서 전투 소리랑 몬스터 발소리가 들리는 걸 보면 안전지대가 없는 느낌이었어

하늘에도 몬스터가 있는 것 같았고

370이름:무명의 활 유저

정기적으로 뭔가가 하늘에서 폭발했지

테이밍 몬스터에 타고 있던 플레이어도 맞아서 떨어졌던 것 같아

371이름:무명의 대검 유저

아, 나도 그 폭발은 봤어

몇 번이나 같은 곳에서 터졌는데 던전 트랩 같은 거였을지도 몰라

372이름:무명의 마법 유저

필드에는 몬스터

던전에는 트랩

확실히 지옥이군

373이름:무명의 창 유저

최고 난이도 도전한 형들 고생 많았어

ㅡㅡㅡㅡㅡㅡㅡㅡㅡㅡㅡㅡㅡㅡㅡㅡㅡㅡㅡㅡㅡㅡㅡㅡㅡㅡ

화제가 되었던 폭발이 설마 자폭으로 표식이 되려 했던 메이 플일 줄은 전혀 생각하지 못한 플레이어들은 3일째의 감상을 기대하면서 던전 이야기를 풀어 나갔다.

◆ ☐ ◆ ☐ ◆ ☐ ◆ ☐ ◆

　여기저기서 여러모로 전투가 일어나는 와중에, 메이플과 마이는 시럽의 등에서 평화롭게 티타임을 가지고 있었다.
　"왓, 또 메달이야, 마이!"
　"진짜네요……. 다들 혼자서 공략하고 있는 걸까요……?"
　"끙. 진짜 아무도 안 오네. 지금도 엄청 눈에 띌 텐데……."
　메이플은 병기를 너무 낭비하지 않도록 지금은 녹색 드레스로 갈아입고, 【폴터가이스트】로 아주 굵은 레이저 빔을 하늘로 쏜 상태로 고정하고 있다.
　그 탓에 어두운 하늘에 빛기둥이 출현하여 붕붕 휘둘리는 광경이 멀리서도 보이는 상태였다.
　"앗, 또 몬스터가 날아왔어!"
　물론 이건 원래 레이저라서 휘두르면 빔 세이버처럼 된다. 날아온 악마는 레이저에 날개가 불타 속도가 떨어지면서도 다가오지만, 그렇게 되면 마이 차례다. 마이는 시럽의 등에 놓인 테이블 밑에서 쇠구슬을 꺼내서 손목 스냅을 살려 던졌다. 쇠구슬은 레이저의 빛에 비친 악마의 머리에 정확하게 명중해 풍선을 찢은 것처럼 터뜨렸다.

"나이스 피칭!"

"고, 고맙습니다."

"으음, 다들 금방 올 줄 알고 테이블도 꺼냈는데…… 꽤 멀리 날아간 걸까."

"하지만 모두 아직 무사한 것 같고, 다들 강하니까 기다리다 보면 올 거예요."

"우린 장소를 알 수가 없으니까……. 아, 홍차 더 줄까?"

"아, 네. 부탁드려요."

이렇게 지상에 펼쳐지는 지옥은 다른 세상 일인 양 두 사람은 티타임을 즐겼다.

메이플과 마이가 있는 하늘이 비교적 안전한 데 반해서, 지상은 몬스터가 없는 장소를 찾기가 더 어려운 상황이었다. 장소에 따라서는 던전 안이 더 안전하다고 해도 좋을 정도였다. 그 와중에 【단풍나무】 멤버끼리 잘 합류할 수 있었던 카나데와 유이는 몬스터를 피해 도망치고 몸집이 작은 이점을 살려 큰 나무 구멍에 숨어 있었다. 카나데 혼자서는 유이를 지켜내기가 어렵고, 지금도 구멍을 향해 몬스터가 부쩍부쩍 다가오고 있었다.

"후, 살았어. 나 혼자선 살아남지 못했을지도 몰라."

"말은 잘하는군. 뭐 나도 조금은 난처했던 참이다."

구멍 앞에 서 있는 사람은 드라그였다. 기본적으로 프레데리카와 둘이서 행동하는 까닭에 후방 지원이 없으면 진가를 발휘할 수 없었다.

"기브 앤 테이크라 생각하자. 여기만 버텨내면 헤어져도 좋으니까."

"뭐, 프레데리카도 이쪽으로 오는 모양이니까. 묘하지만 사리도 있는 것 같군."

"연락할 수 있는 거예요?"

"그래, 일단은."

"조금만 더 버티면 어떻게 될 것 같아. 사리도 있다면 메이플이 있는 데까지는 갈 수 있을 것 같네."

레이저가 붕붕 휘둘리는 지점까지 이제 조금밖에 안 남았다. 이 고비만 넘기면 된다.

"【홀리 아머】, 【홀리 인챈트】."

카나데는 우선 드라그의 갑옷과 무기에 빛을 씌웠다. 이제 다소 대미지를 받아도 피해를 억제할 수 있고 적에게 주는 대미지도 상승한다.

"대미지 컷 스킬은 소우가 써 줄 테니까 걱정하지 말고 싸워."

카나데는 그렇게 말하고 구멍 속에서 소우를 불러내 자신의 모습으로 변신시켰다.

"허, 그거 든든하군. 어스, 【지진】!"

드라그 옆에 있던 골렘이 두 팔로 지면을 내리치자 그곳을 중심으로 격한 진동이 발생했다. 하늘을 나는 악마에게는 영향이 없지만, 땅에서 이동하는 좀비 계열은 움직임을 멎게 할 수 있다.

"【흙파도】!"

드라그가 스킬을 발동하자 지면이 물결치더니 크게 솟아올라 몬스터들을 밀쳐낸다. 게다가 드라그의 모든 공격에는 넉백 효과가 붙어 있어서 몬스터는 더욱 멀리 튕겨 날아갔다. 넉백을 잘 살려 상대의 태세를 무너뜨리는 전투법 이외에도 드라그는 상대를 계속 밀쳐내 접근을 막는 스킬이 풍부하다. 드라그의 공격을 받고 있는 한 넉백이 반드시 발생하기 때문에 쉽사리 다가올 수 없다.

"굉장해요! 저도 저렇게 할 수 있으면 더 잘 싸울 수 있을 텐데……."

"잘하는 거랑 못하는 것, 잘 맞는 거랑 안 맞는 게 있으니까. 힘을 발휘할 수 있는 타이밍까지 기다리면 돼."

"네!"

"앗, 【방어결계】!"

"나이스 가드! 프레데리카한테도 안 지겠는데!"

"그런 소리 하면, 이제~ 안 도와준다~?"

드라그가 그렇게 말했을 때 수풀을 헤치고 프레데리카가 모습을 드러냈다.

"오!? 벌써 왔냐. 와, 살았다! 의외로 빨리 왔군."

"안 도와준다고 방금 말했는데~. 에휴~【다중장벽】!"

프레데리카가 드라그의 지원을 맡는 것을 보고, 사리는 일단 카나데와 유이가 있는 곳까지 왔다.

"너희가 이런 데 있었구나. 뭐, 무사해서 다행이야."

"메이플이 있는 데까지 얼마 안 남았는데 몬스터랑 마주쳤거든."

"처음에는 드라그 씨랑 같이 싸웠는데, 제가 불안해서……. 아, 맞다! 사리 씨가 드라그 씨를 도와주지 않으실래요!?"

프레데리카가 왔지만, 둘이서 다수를 상대하는 상황이라서 유이가 걱정스럽게 드라그 쪽에 시선을 보낸다. 이번에는 특히 결과적으로 보호만 받게 되어서 면목이 없다는 표정을 짓고 있다.

"괜찮아, 나랑 프레데리카만 온 게 아니니까."

"어?"

"【범위확대】, 【단죄의 성검】!"

"【선풍연참】!"

드라그가 만든 흙벽 너머에서 목소리가 들린 직후 빛의 격류가 필드를 비춘다. 팡팡 소리가 여러 번 겹치게 들려서, 세 사람도 몬스터가 소멸해 가는 것을 알 수 있었다.

"예전보다 훨씬 강해졌네…… 방금은 테이밍 몬스터도 안 썼고. 이번 본선이 PVP 요소가 없는 이벤트라서 다행이야."

"역시 대단하네. 페인과 드레드."

몬스터를 쓸어버린 것은 페인과 드레드였다. 두 사람은 무기를 집어넣고 드라그, 프레데리카와 이야기한다.

"죽은 것 같아~. 다른 파티 멤버는 반응이 없었거든~. 구성상, 방패 유저랑 버프 디버프 담당이었으니까…… 이동한 곳이 안 좋았을지도 몰라."

"그런가. 우리 거점은 어떻지?"

페인의 말에 프레데리카가 고개를 가로젓는다. 이번에 페인네 파티가 거점으로 삼았던 장소는 맵 외곽이었기 때문에 강력한 몬스터의 소굴이 되고 말았다.

"장소부터 다시 찾아야 하나, 귀찮군……."

"뭐, 어쩔 수 없지. 거점이 없으면 계속 탐색하기 힘드니까."

그 대화를 들은 사리가 잠시 생각한 뒤 페인 일행 쪽으로 걸어갔다.

"저기, 잠시 협상하고 싶은 게 있는데 괜찮을까요?"

그리고 사리는 페인에게 어떤 제안을 했다.

"이 과자 어때? 7층 가게에서 산 거야—."

"맛있어요! 유이한테도 나중에 가르쳐 줄까……."

"후후, 다른 것도 있어. 아, 잠깐! 뭔가 왔어!"

메이플이 어둠 너머에서 뭔가가 날아오는 것을 보고 병기를 겨누고 언제든 레이저로 태울 수 있게 준비한다. 마이도 쇠구슬을 꺼내 메이플과 같은 방향을 본다.

"어라? 저건……."

메이플이 눈에 힘을 주고 보자, 그것은 몬스터가 아니라 이그니스와 레이였다. 등에는 각각 【염제의 나라】와 【집결의 성검】 멤버들이 있고, 아직 합류하지 못했던 【단풍나무】 멤버들이 타고 있는 것이 보였다.

"예상보다 일렀지만 다시 만났구나, 메이플."

"미이랑 모두! 그쪽은 페인 씨랑, 어어? 무, 무슨 일이 있었어?"

"타이밍까지 같을 줄은 몰랐다만, 사리와 내 생각이 같았던 모양이군."

"그런 것 같네요."

즉, 두 사람이 각 길드에 제안한 것은 거점 제공이었다. 【단풍나무】의 거점은 맵 중앙 근처에 있고, 몬스터도 그렇게까지 우글대지 않는다.

거점을 제공하는 대신 방어 전력이 되어 달라는 뜻이다.

"오-! 좋은데! 모두가 있으면 북적북적하고, 몬스터도 팍팍 무찌를 것 같고!"

메이플은 웃는 얼굴로 대답하고 마침내 합류한 【단풍나무】 멤버들을 시럽에 다시 태우더니 앞으로 나서서 거점이 있는 부근까지 날아갔다.

"으음. 사리, 이 근처였지?"

"응, 저 산 위치는 안 바뀌었으니까 이 기슭이 맞을 거야."

메이플은 그대로 천천히 시럽의 고도를 내려 착륙했다. 잠시 그 근처를 찾아보자 거점을 나타내는 간판이 있어서 기억에 있던 동굴로 돌아왔다.

"휴, 다행이다. 그럼 일단 거점으로 돌아가고, 그다음에 가능하면 탐색하자."

"하지만 합류하는 데 시간이 걸렸으니까, 거점 설치에 시간이 걸리면 몬스터 강화 시간대에 들어가 버릴지도 몰라."

그럼 우선 서둘러 거점 설치를 하자고 전원이 동굴 속으로 들어갔다. 트랩을 재설치하는 데 시간이 걸리기 때문에 안쪽으로 나아가면서 설치해 나간다.

"우와……, 이 살상력만 생각한 트랩은 대체 뭐야……."

"마르크스, 당신의 트랩도 어딘가에 설치해 두면 좋지 않을까요?"

"응, 부탁해 볼게. 그리고 우리가 나갈 때 발동하지 않는 트랩만 있는 루트가 하나쯤은 있는 게 좋아……. 실수로 밟았다간 끝장이잖아?"

메이플이 항상 【헌신의 자애】를 발동하고 있어서 【단풍나무】멤버들은 독늪 같은 곳에 들어가도 문제가 없지만, 다른 길드는 그렇지 않다.

그리하여 마르크스도 설치에 참여하면서 가장 안쪽에 도착했다. 추가로 여덟 명이 늘어났기 때문에 공간도 다르게 사용해야 한다.

"얼른 만들게! 다들 도와줘야 한다? 물론 전원이."

이즈가 지시를 내려 거주 구역을 다시 만들어 나간다. 트랩 배치가 끝난 데다 사람이 늘어서 처음 만들었을 때보다 훨씬 빠르게 설치가 끝났다.

"자, 마침내 2일째 강화 몬스터 해방이네요."

"그래, 강제전이 탓에 플레이어가 상당히 많이 죽었으니까. 여기서 연속으로 시련을 줄 거다."

"플레이어들도 아직 꽤 많이 흩어져 있네요……. 응? 한 파티 이상 모여 있는데……?"

"응? 어디지?"

"플레이어 측의 살기등등 던전이요."

"【단풍나무】로군……. 하아, 벌써 돌아간 건가……. 으음? 한 파티 이상이라고?"

무슨 일인가 싶어서 플레이어 위치 정보를 확인한다. 그러자 기억에 있는 플레이어의 이름이 줄줄이 떴다.

"아니…… 어째서?"

"늘어났잖아? 늘어났는데?"

"아니, 이 몬스터를 저기에 보내는 건…… 심하잖아, 몬스터한테."

"하지만 못 멈춰요."

해방까지는 이제 십 몇 분이 남았다. 설령 그곳이 다시 설치되고 마르크스에 의해 더욱 강화된 인공 던전이라 해도, 그 안쪽에 【단풍나무】와 【집결의 성검】과 【염제의 나라】가 있다 해도, 몬스터는 플레이어가 있는 장소로 간다.

"부디 살아다오…… 한 마리만이라도."

"함정만이라도 돌파해 줬으면 좋겠다고요?"

"쟤들 자존심을 깨부숴 줬으면 좋겠다고."

"하하하, 제법 세게 나오시네요."

"하하하, 그러냐."

""하하하하.""

관리실에서 허탈한 웃음소리가 울려 퍼졌다.

4장 방어 특화와 동맹.

거점은 강화 몬스터가 나타나기 조금 전에 완성되었다. 요격 공간을 조금 줄여야 했지만, 마르크스의 트랩을 설치해서 질은 더욱 우수해졌다.

"어머, 스크린? 뭔가 보려고?"

"여기에 영상이 나오게 해 놓을 테니까……."

마르크스가 친 스크린에 영상이 확 뜬다. 개미굴 같은 이 던전의 모든 방이 비치고 있었다.

"와-! 대단해!"

"보, 보이면 재설치해야 하는 트랩 종류랑 몬스터가 얼마나 센지도 알 수 있으니까…… 그럼 나중에 봐."

메이플에게 전투 쪽은 다른 길드 멤버에게 맡긴다고 전하고, 마르크스는 칸막이로 나뉜 자기 공간으로 돌아갔다.

새로 만든 거주 구역은 널찍하게 쉴 수 있도록 중앙에 마련한 공간과 그곳으로 연결되는 길드 구역을 만들었다. 마르크스의 스크린이 있는 곳도 여기였다.

기본적으로 【단풍나무】의 거점이라서 시끌벅적하게 떠드는 건 【단풍나무】 멤버들이지만, 【단풍나무】를 자주 찾아갔던 프레데리카 등등은 그런 분위기에 금방 녹아들었다.

"한가하네~. 던전 공략을 하러 갈 수도 없고~. 하지만 방심할 수도 없고 말야~."

"완전 녹아들었구나……. 뭔가 나오면 방어는 부탁한다?"

"알았다니까, 사리. 염제도 있고, 안 져~."

"사리 씨! 뭔가 들어온 것 같아요!"

호랑이도 제 말하면 온다더니, 마르크스가 설치한 아이템에 침입자의 모습이 비친다. 네 다리를 움직여 달려오는 외눈박이 괴물이다. 메이플의 【포학】에서 다리를 줄인 대신에 눈을 늘린 듯한 그 괴물이 잇달아 메이플 일행의 거점에 뛰어든다. 그리고 어마어마한 숫자로 우르르 몰려와 물량공세로 함정을 돌파한다. 함정이 있어서 숫자는 줄어들었지만, 전부 물리칠 수는 없을 것 같았다.

"아~ 이거야 여기까지 올 것 같네~. 어젯밤보다 강해진 건가~. 페인! 우리 일해야 해~!"

프레데리카가 【집결의 성검】 구역으로 가자마자 【염제의 나라】 구역에서도 미이가 나왔다.

"내가 가마. 뒤로 물러나 있어라."

"미이, 혼자서 괜찮아?"

메이플이 그렇게 물어보자 미이는 자신만만하게 "훗." 소리를 내고 웃었다.

"나도 대규모 길드의 길드 마스터다. 그리고 신이야 어찌되었건 마르크스와 미저리는 후방 지원이 메인이지."

나름대로 내구력이 있는 몬스터가 대량으로 우르르 들이닥친다면 미이 혼자서 싸우는 것이 가장 편하다고 했다.

"위험하면 언제든지 뛰어나올게!"

"그래, 그리해다오. 허나 안심해도 된다. 그럴 필요는 없을 테니."

미이가 그렇게 대답했을 때 페인이 다가와 동조했다.

"나도 나가겠다. 거점을 빌린 몫만큼 일하겠다고 맹세하지."

"그래그래~. 그럼 버프만 걸어 놓을 테니까, 잘 부탁해~."

프레데리카와 함께 마르크스, 미저리, 이즈가 페인과 미이에게 걸 수 있는 버프를 전부 건다. 두 사람에게서 갖가지 색깔의 오라와 이펙트가 일어나고 준비가 갖춰졌다.

"갈까, 미이."

"이번에는 아껴두지 마라, 페인."

"그래, 저 숫자…… 어설프게 남기는 것보다 일격에 없애는 편이 좋겠지."

미이와 페인은 각각 이그니스와 레이를 불러내고 요격 구역까지 걸어가 무기를 겨누었다.

그곳에 발소리가 쿵쿵 울리기 시작하더니, 몬스터가 통로에서 대량으로 튀어나온다.

몬스터는 두 사람을 포착하자마자 안구 앞에 검은 마법진을 전개하여 뭔가 공격을 하려고 했다. 그러나 그 마법진에서 뭔가가 발생하기 전에 두 사람이 공격을 개시했다.

"이그니스, 【불사조의 불꽃】, 【내 몸을 불길로】."

"레이, 【빛의 격류】, 【전 마력 해방】."

미이의 몸이 붉은 불꽃에 휩싸이고, 불꽃이 지면을 타고 나간다. 페인의 검은 파르스름한 빛에 감싸여 스파크 튀는 소리가 파지직 들리기 시작했다.

"【살육의 호염(豪炎)】!"

"【성룡(聖龍)의 광검(光劍)】!"

몬스터의 마법진에서 검은 빛이 쏟아진 순간, 그것을 아득히 웃도는 양의 붉은색과 흰색이 공간을 가득 메운다. 미이가 만들어낸 불꽃이 모든 지면을 대미지 필드로 바꿔 전방을 모두 불사르고, 페인이 만들어낸 빛이 악마형 몬스터에게 주는 특공 성능으로 빛에 휩싸인 적부터 차례로 정화하듯 없앴다.

그 불꽃과 빛은 통로를 역주해 도중에 남아 있던 아이템도 한꺼번에 날려 버리고 던전 안을 폭풍처럼 휘몰아치더니 이윽고 사라졌다.

"이런, 2일째라 해도 생각한 만큼 강하지는 않군."

"이번에는 지형이 좋았다. 여기라면 우리는 빈틈이 많은 대형 기술도 쉽게 쓸 수 있겠어."

"굉장해-! 역시 미이랑 페인 씨야!"

"다시 쳐들어올지도 모른다. 16명이나 있으면 교대로 지키기도 편해지지. 우리 길드에는 언제든 요청해도 상관없어."

"우리도 마찬가지다."

"고마워!"

메이플이 대단하다고, 굉장하다고, 두 사람에게 조금 전 기술의 감상을 전하는 와중에 모니터를 보고 있던 프레데리카가 달려온다.

"잠깐, 페인~! 마르크스의 카메라도 날아갔잖아~?"

스크린에 입구 근처의 영상을 제외하고는 아무것도 나오지 않게 되어 버렸다.

"어……? 평소에는 안 거는 버프 중에 사거리 연장이 있었나……. 미안하군."

"미이도…… 내 카메라는 다시 설치하려면 시간이 걸린단 말이야."

"그, 그래. 미안하다."

함정을 포함해서 재설치해야겠다고 이야기하는 사람들을 보고 크롬과 카스미는 조금 전의 광경을 되새겼다.

"길드 마스터란 어디나 저런 사람만 있나…….'

"아니, 저렇게 일기당천인 사람들은 그리 많지 않겠지. 우리 주위에 그런 사람들이 많은 것뿐이야."

자신들의 길드 마스터도 떠올리면서, 다음 습격이 언제 오든 괜찮도록 두 사람도 함정을 다시 설치하러 갔다.

메이플과 사리는 마르크스를 데리고 페인과 미이의 공격에 부서진 아이템을 다시 놓았다.

　"이렇게 본격적으로 던전을 만들게 될 줄은 생각도 못 했는데……."

　마르크스는 그렇게 중얼거리며 시야를 확보할 수 있는 아이템을 방의 구석에 설치했다.

　"음, 역시 페인과 미이의 공격력이 높아졌네. 상상을 뛰어넘어."

　"굉장했지-?"

　"또 어디선가 싸우게 될지도 모르고. 낙관적으로 볼 수만은 없지만 말야."

　"그, 그런가. 그렇구나."

　제4회 이벤트 때보다 강해진 두 사람을 보고 언젠가 다시 싸울 때는 힘내야겠다고 메이플은 주먹을 꼭 쥔다.

　"버프가 있긴 해도, 우리도 깜짝 놀랐어. 페인이 미이와 같은 수준의 범위 공격도 할 수 있다니……. 약점을 노리면 이길 수 있는 타입이 아니야."

　물론 【염제의 나라】도 【집결의 성검】에 촉각을 곤두세우고 있었다. 라이벌 길드의 힘을 일부 확인할 수 있었던 것은 여기 모인 세 길드 모두에 의미가 컸다.

　그리고 거기서 한발 앞서려면 이번 이벤트에서 메달을 모으는 것이 중요하다. 하지만 【염제의 나라】의 미이 쪽 파티는 이미 네 명밖에 안 남았고 전선을 펼칠 강력한 플레이어도 신밖에 없어서 힘든 상황이다.

어떻게 할지 생각하면서 재설치를 끝낸 마르크스는 그대로 생각에 잠긴 채 선두로 걸어가 가장 안쪽으로 돌아간다. 메이플과 사리도 뒤따라 동굴 안쪽으로 돌아갔다.

그로부터 잠시 시간이 흘러 습격을 몇 번인가 겪고 나서, 함정을 계속 설치하는 건 수지가 안 맞는다고 느낀 멤버들은 들어온 몬스터를 즉시 격파하는 방식으로 전환했다. 여기 있는 16명은 각각 NWO에서도 1, 2위를 다툴 만큼 강하므로 번갈아가며 공격해도 문제없이 격파할 수 있었다.

한 예로, 몬스터가 통로에서 얼굴을 내밀자 마이와 유이가 대형망치 두 자루로 때려눕히고, 망치에 맞기 전에 뛰어들거나 스킬로 살아남은 것은 이즈의 대포와 프레데리카나 미이 같은 후방 딜러가 원거리에서 꿰뚫는 것이다.

그리고 생각보다 편하게 요격할 수 있다는 걸 깨달았을 무렵, 공유 구역에서 【염제의 나라】와 【집결의 성검】 멤버들이 각자 이야기에 열중해 있었다.

"무슨 일 있어요?"

몬스터의 습격이 없다는 걸 확인하고 메이플이 두 길드의 이야기를 들으러 갔다. 두 길드 다 이야기하던 내용은 거의 같았는지, 오늘 밤에 한번 던전 공략을 하러 밖으로 나가야 할지도 모른다고 했다.

"오늘 밤의 몬스터도 약한 건 아니지만, 지금까지의 요격 상황을 보건대 해치우지 못할 정도는 아니라고 느꼈다. 우리가 오늘 강제로 전이됐던 걸 생각하면 내일 아침에도 무슨 일이 일어날 가능성이 있겠지."

"페인의 말대로다. 밤은 낮에 비하면 위험하지만, 2일째의 밤과 3일째의 낮…… 3일째 쪽이 위험할 가능성도 충분히 있다."

"그, 그렇구나……."

게임 내에서 1, 2위를 다투는 대규모 길드로서 메달은 입수할 수 있는 만큼 입수하고 싶었다. 어느 정도 전력을 확인할 수 있었기에 넷이서도 문제없다고 판단하고 탐색에 나서려는 것이다.

"아, 맞다! 그럼 우리도 도울 수 있어요!"

그 말을 듣고 페인과 미이는 조금 놀란 표정을 지었다. 그리고 잠시 생각하더니, 메이플은 아마도 타산적인 의도가 아니라 단순히 친구로서 도와주려고 순수하게 제안했을 거라는 결론에 이르렀다.

"그래, 우리로서도 앞에 설 멤버가 늘어나면 든든하다. 게다가 메달은 각자에게 분배되는 모양이니. 메이플 쪽에도 이점은 있다만……."

"위험을 무릅쓰면서 밖에 나갈지는 다른 길드 멤버들과 의논하는 것이 좋아. 제안은 고맙지만, 지금도 거점을 빌리고 있으니 말이다."

두 사람은 【단풍나무】로서 힘을 빌려준다면 기쁘게 받아들이겠다고 대답하고, 만약 밖에 나갔을 때의 전략을 생각하기 시작했다. 메이플은 두 사람의 말대로 일단 【단풍나무】 멤버들을 모아 조금 전의 이야기를 전했다.

"뭐, 괜찮을지도. 확실히 3일째에 아무 일도 안 일어난다는 보장은 없으니까. 지금의 몬스터라면 이길 수 있다는 것도 이해할 수 있어."

"우리도 챙길 수 있는 메달은 챙기고 싶으니까."

""저희도 이번에는 힘낼게요!""

"나는 3일째 아침까지 여기로 돌아올 수 있다면 상관없다고 생각한다."

"같은 의견이야. 카스미와 이즈가 메달을 입수해 줬지만, 오늘은 탐색을 전혀 안 했으니까."

"메달을 빨리 모으자는 의견에는 찬성해. 3일째에 한 개 더 찾으러 다닐 여유는 없을지도 모르는걸."

멤버 모두가 찬성하면서 메이플 일행도 거들기로 하고, 【단풍나무】, 【염제의 나라】, 【집결의 성검】 멤버를 나누어 탐색을 개시하기로 했다.

"던전이 있을 것 같은 장소를 표시한 맵이 있으니까 보여줄게요."

"하아~ 사리는 진짜 빈틈이 없네~. 음~ 어디어디~?"

"지금 보여준대도."

사리가 예선 때 작성한 맵을 모두에게 송신한다. 이걸 토대로 어느 근처에 갈지 정해야 한다.

"이렇게 보니…… 특수한 오브젝트가 있는 장소는 맵 외곽에 치우쳤군. 우리는 이 근처를 조사하고 왔다."

"2일째 이후를 고려한 것이겠지. 몬스터가 더욱 강력한 맵 외곽으로 갈 필요가 있다고 생각하면 역시 지금 가는 것이 정답인가……."

페인 일행과 미이 일행의 정보도 분석해서 리스크와 리턴을 고려해 균형을 맞추면서 많은 장소를 탐색할 수 있도록 네 명씩 네 조를 만들기로 했다. 이 네 조 전부에 각 길드 멤버를 넣어서 동서남북으로 던전을 찾는 것이다.

이렇게 해서 기동력과 내구력, 공격 능력을 고려해 각 조마다 강점을 만들고 전원이 거점에서 필드로 나갔다.

동쪽으로 향한 멤버는 드레드, 마르크스, 마이, 유이다. 츠키미와 유키미의 등에 타고 필드를 쭉쭉 나아간다.

"호오, 상당히 빠르군."

"응, 이러면 몬스터를 만나도 잘 따돌릴 수 있을지도……."

그렇게 말하는데 정면에서 거점을 습격했던 외눈박이 사족 보행 몬스터가 나타났다. 마르크스의 테이밍 몬스터인 클리어의 능력으로도 완전히 숨지 못해서 네 사람이 있는 곳으로 곧장 다가온다.

""【파워 쉐어】,【브라이트 스타】!""

주인인 마이와 유이의 공격력이 높아서 STR을 나누면 츠키미와 유키미의 공격력이 상승한다. 그리고 츠키미와 유키미는 대미지를 주는 구슬 모양의 빛을 쏘았다.

눈앞까지 접근했던 몬스터가 빛을 이중으로 맞고 비틀거린다. 그렇게 비틀거리고 있을 때 양옆을 빠져나가도록 츠키미와 유키미를 달리게 한다. 그렇게 지나가면서 마이와 유이가 휘두른 대형망치가 전부 몬스터에게 제대로 꽂혀 그대로 빛으로 만들어 날려 버린다.

"끔찍하게 치였구만."

"새삼 옆에서 보니까 엄청난 위력이네⋯⋯."

네 사람의 기본전략은 마이와 유이를 몬스터에게 잘 접근하게 해서 모조리 파괴하는 것이다. 그리고 츠키미와 유키미가 있는 덕분에 속도도 나름대로 확보할 수 있어서, 마르크스의 함정을 포함하면 탈출 능력에도 문제가 없다.

네 사람은 사리가 만든 맵 사진을 보고【단풍나무】거점 위치에서부터 어느 부근에 표시가 있는지 대략 추측한다.

"지형은 안 변했으니까. 사리의 얘기대로라면 이 근처에⋯⋯ 저건가."

별조차 보이지 않는 밤의 어둠이 펼쳐지는 가운데, 눈앞의 호수에는 달이 비치고 있었다. 하늘을 올려다봐도 달은 보이지 않으니까 그 광경이 이상하다는 것을 쉽게 알 수 있었다.

"바로 가나요?"

"그래, 여기서 보고 있으면 몬스터가 와서 성가시다. 게다가 마르크스는 던전 내부가 더 움직이기 쉽다고 했는데."

"응, 여기서 나오는 몬스터들한텐 클리어의 능력을 살릴 수가 없어서……."

"그럼 얼른 가자고. 진짜로 던전인지도 알 수 없으니까."

"알겠어요. 츠키미!"

마이와 유이는 츠키미와 유키미를 달리게 해서 그대로 호숫가로 갔다.

"일단 호수 중앙 근처까지 간다."

"보트…… 꺼낼까?"

츠키미와 유키미는 헤엄도 칠 수 있어서 그럴 필요는 없다며 수면에 발을 내밀었다. 그러자 신기하게도 츠키미와 유키미의 발이 물속에 가라앉지 않고 수면에서 딱 멈췄다. 그대로 발을 움직이자 문제없이 수면을 걸을 수 있었다.

"이건…… 당첨인 모양이군."

네 사람이 그대로 호수 중앙, 달이 비치는 장소까지 가자 몸을 빛이 감싼다.

"곧장 발견했나. 뭐, 죽지만 말자고."

"응."

““네!””

전원이 마음을 단단히 먹었을 때 네 사람의 몸은 완전히 빛에 감싸여 던전으로 슥 전이했다.

전이한 곳은 바닥에 물이 흥건하고 벽도 축축해서, 전체적으로 습한 장소였다. 네 사람이 있는 곳은 원형 공간으로 시작 지점이라는 것을 곧바로 알 수 있었다.

이 방에서는 통로가 하나만 있어서 그쪽으로 이동할 수밖에 없어 보였다.

"자, 가 볼까."

"응, 그럼 클리어…… 【투명화】."

"이제 안 보이게 된 거예요?"

"응. 하지만 이게 안 통하는 몬스터는 다가오니까 조심해."

"PVP라면 알아도 대처하지 못할 수도 있겠군."

"글쎄……."

네 사람은 경계하면서 통로를 나아간다. 그러자 통로 저편에서 1미터쯤 되는 장어가 물을 휘감고 공중을 헤엄쳐 오는 것이 보였다. 헤엄친 뒤쪽에는 물의 길이 나 있고 거기서 파지직 소리를 내며 파르스름한 빛이 튀고 있었다.

네 사람은 재빨리 무기를 겨누었지만 장어는 네 사람을 알아채지 못했는지 그대로 똑바로 헤엄쳐 온다.

"언니!"

"응!"

둘은 한 걸음 앞에 나서더니 대형망치 두 자루를 각각 번쩍 쳐들어서 힘껏 내리쳤다.

망치가 천천히 헤엄치고 있던 장어를 위에서 내리찍고, 쾅 소리를 내며 지면에 내동댕이쳐진 장어는 파지직 방전하면서 빛이 되어 사라졌다.

"호쾌한 암살이군⋯⋯."

"【투명화】한 보람이 있네."

공격하면 들키므로 이즈와 던전에 들어갔을 때는 적에게 발견되지 않으려고 쓸 수밖에 없었지만, 마이와 유이가 있으면 전혀 다른 효과를 낳는다. 몬스터 입장에서는 아무것도 없는 공간에서 보이지 않는 즉사공격이 날아오는 것이다. 일격에 없애 버리면 몬스터에게 발견될 일도 없다.

"우리 길드는 못 할 전투법이군."

"어디까지나 기습을 위한 스킬이지만 말이야⋯⋯."

""아, 또 보이게 되었으니까 다시 걸어 주세요!""

"보스전에서 나올지도 모르니까 처음 보는 놈은 해치우고 가도록 할까."

마이와 유이의 일격으로 즉사인지 아닌지는 전략에 크게 영향을 준다. 그리고 이 두 사람의 공격을 제대로 맞고도 버틸 수 있는 잡몹은 존재하지 않는다.

이렇게 네 사람의 공략은 출발부터 순조로운 조짐을 보였다.

마르크스는 마이와 유이에게 다시 【투명화】를 걸고, 나아가 트랩의 변화계 스킬로 상대의 공격에 반응해 방어벽을 만들어 내는 효과를 부여했다.

"방전하고 있었으니까……. 안 보이는 것뿐이니까 무차별 공격 같은 건 조심해."

"메이플의 【헌신의 자애】던가? 보통은 그런 방어 능력이 있을 수 없으니까. 무턱대고 덤비지 말고 어느 정도는 예측해서 피해야지."

그게 실패했을 때의 마지막 보루가 마르크스의 방어벽인 셈이다.

마이와 유이도 메이플이 아닌 멤버와 다닐 때 공격을 잘 명중시켜야 한다고 생각했으니까, 기량을 갈고닦기에 딱 좋은 기회였다.

"이대로 가장 안쪽까지 가 버리죠!"

"조심해서 가, 유이."

의기양양하게 나아가는 도중에는 방전하는 장어 이외에도 다양한 물고기가 공중에서 헤엄치고 있었다. 그리고 한동안 나아가자 눈앞에 커다란 방이 나타났다. 그곳은 파지직 방전하는 물을 공중에 그리면서 헤엄쳐 다니는 물고기로 넘치고 있었다.

섣부르게 닿거나 공격하면 모든 몬스터가 이쪽을 향해 일제히 덤벼들 것임을 쉽게 상상할 수 있었다.

"어, 어쩌죠……. 저희는 단숨에 전부 해치우기 어려워요."

마이와 유이의 공격 성능은 일대일이라면 거의 최강이고 소수라면 어느 정도는 범위 공격으로 대응할 수 있지만, 수가 많거나 파상공격을 펼치는 상대와는 상성이 나쁘다.

"빠져나가고 싶지만, 좀 어려우려나."

"별수 없군, 섀도우, 【각성】이다."

마르크스의 의견을 들은 드레드의 목소리에 새카만 털을 가진 늑대가 소환된다.

"마르크스 너만 전투 회피 능력이 있는 게 아니거든."

드레드는 스킬 발동과 동시에 반대쪽 통로를 향해 똑바로 달리라고 세 사람에게 지시한다. 그 말을 들은 마이와 유이는 츠키미와 유키미에 타고 준비가 다 됐다고 드레드에게 전한다.

"간다, 섀도우. 【그림자 세계】."

드레드의 목소리에 네 사람의 바로 밑이 검게 물들더니 그대로 온몸이 땅속에 쑥 들어갔다. 한순간 세 사람은 어안이 벙벙해질 뻔했지만 드레드의 지시를 떠올리고 그대로 똑바로 뛰었다. 비스듬히 위쪽으로 지면을 투과해 조금 전까지 보던 광경이 펼쳐져 있었다. 그렇게 달리자 밑에서부터 밀려 올라가 지상으로 다가간다. 네 사람은 반대쪽 통로까지 몬스터에게 들키지 않고 달려서 빠져나올 수 있었다.

"하하, 이거라면 함정도 빠져나가 버릴 것 같네……. 이쪽이 더 대처하지 못할 것 같지 않아?"

"글쎄…… 어떨까."

【집결의 성검】 멤버의 힘을 일부나마 목격했다는 듯이 반응하는 마르크스에 반해, 마이와 유이는 조금 전 신기한 스킬이 놀라울 뿐이다.

"굉장해요! 다양하게 쓸 수 있을 것 같은 스킬이네요!"

"살았어요. 감사합니다."

"됐어. 나도 보스전에서는 너희가 화력을 내 줘야 하니까. 그건 그렇고……."

뭘 하든 순수한 반응을 보여주는 마이와 유이를 보고, 평소 공략할 때와는 전혀 다른 분위기에 드레드는 머리를 긁었다.

"【단풍나무】답다고 할까."

"아…… 무슨 생각 하는지 알 것 같아."

가끔은 이런 공략도 나쁘지 않다 생각하며, 눈을 반짝이는 두 사람을 데리고 보스방으로 향했다.

클리어와 섀도우의 전투 회피 능력과 곤란해지면 몬스터를 일격에 해치울 수 있는 마이와 유이의 공격력만 있으면 중간에는 고전할 요소가 없다. 그리하여 네 사람은 보스방 앞에 도착했다.

"마르크스, 준비는 끝났냐?"

"응, 괜찮아."

""저희도 괜찮아요!""

"좋아, 그럼 열어 보실까."

드레드가 선두에 서서 안으로 들어간다. 그러자 방 안쪽에 10미터에 가까운 거대 메기가 물덩어리를 휘감고 떠 있었다. 그 두껍고 긴 수염에서 전기가 소리를 내며 튀고 있었다.

아무래도 이곳의 보스는 이 전기 메기인 듯하다.

메기가 머리 위에 HP 게이지가 표시됨과 동시에 몸을 부르르 떨어서 주위의 물을 네 사람에게로 날린다. 그 물은 공중에서 떠다니다가 메기의 수염이 더욱 거세게 전기를 띠자 함께 전기를 머금기 시작했다.

"【원격설치·토벽】!"

불길한 예감이 든 마르크스는 흙으로 된 벽을 세워 물구슬과 일행 사이를 차단했다. 그 직후 굉음과 함께 떠 있던 수많은 물구슬 사이를 이으며 굵은 전기의 실이 뻗었다가 잠시 후 사라졌다.

"걱정하지 마라. 내가 빈틈을 만들지. 사리하고도 연계한 적 있지?"

""네, 괜찮아요!""

사리와 똑같은 스피드 타입에 같은 무기를 쓰는 드레드라면 마이와 유이도 움직임을 맞추기 쉽다. 사리와는 특훈으로 함께한 시간도 길다. 움직임에서 비슷한 부분을 찾아내는 것쯤은 가능하리라.

"섀도우, 【그림자 무리】!"

드레드는 달려 나가면서 그림자 속에서 늑대를 몇 마리나 불러내서 앞장세우더니 지면에서 조금 위에 떠 있는 메기에게 돌격시켰다. 그러나 늑대들은 대미지를 넣기 전에 메기를 감싼 물에 닿아 파지직 소리를 내며 전격을 받아 소멸했다. 번개를 두른 물은 헤엄치는 물임과 동시에 물리 공격에 대한 방어막도 되는 듯했다.

"귀찮군……. 마법으로 할 수밖에 없겠어."

다가가면 자신도 전격을 맞는다. HP 1로 살아남는 스킬도 있으니 시험해 볼 수는 있겠지만, 이득보다 손해가 더 크다.

그리고 마이와 유이가 공격하기 어려워졌기 때문에 드레드는 마법으로 주의를 끌면서 어떻게 공략할지 생각했다. 우선 마이와 유이 쪽에 등을 돌리게 하려고 메기의 측면으로 돌아가 머리를 자기 쪽으로 향하게 했을 때, 전격에도 지지 않을 정도의 굉음을 내며 메기의 배에 거대한 뭔가가 격돌했다.

메기가 크게 휘청거리자 그 무언가가 떨어져 쿵 소리와 함께 지면을 뒤흔들며 내리꽂혔다. 놀란 드레드가 날아온 방향을 보자 그곳에는 토스 배팅을 하는 요령으로 뭔가를 던지는 마이와 그것을 대형망치로 쳐서 날리는 유이의 모습이 있었다. 옆에서 마르크스가 두 사람의 파워에 아연실색하고 있다.

다시 굉음과 함께 날아든 무언가.

그것은 어젯밤 마침내 완성된, 마이와 유이의 타격에도 버티는 수수께끼의 초경도 게임 내 조합물로 만든 공.

투구와는 비교도 안 되는 속도로 날아온 두 번째 공이 반격하려던 메기의 안면에 꽂히고, 대미지를 받은 메기가 물의 힘을 잃고 지면에 떨어져 기절한다.

"드레드 씨! 지금이에요!"

"부탁드려요……!"

"무슨 힘이……. 【셉터플 슬래시】! 섀도우, 【그림자 무리】!"

드레드는 시험 삼아 지금은 전기를 내뿜지 않는 메기의 수염 부분을 공격했다. 숫자의 폭력이라는 말이 있는 것처럼 늑대 무리와 고속 연타가 확실한 대미지를 주면서 연속 공격 도중에 메기 수염에 커다란 상처가 난다. 본체는 아직 죽지 않았지만, 드레드는 전격 공격의 성능이 떨어졌다고 예상할 수 있었다. 그때 메기의 몸이 파지직 전기를 뿜어내기 시작하여 드레드는 잠시 거리를 벌렸다.

"쟤네는…… 곰에 타도 늦겠군."

기절이 별로 오래가지 않기도 했고, 마이와 유이가 이미 다음 배팅 태세에 들어간 까닭에 메기의 공격 범위에서 제때 벗어날 수 없다. 드레드는 두 사람에게 공격이 가지 않도록 어그로를 끌면서 지시를 날린다.

"마이, 유이! 한 방 더 부탁할 수 있나!"

""네!""

드레드는 만에 하나라도 자신에게 맞지 않도록 메기를 사이에 끼우듯이 위치를 잡고 전격을 피하는 데 집중한다. 사리와

는 달리 다소 대미지를 받아도 죽지는 않으므로 마르크스가 계속 설치하는 벽과 부여된 대미지 컷 효과를 살려 다시 기절시킬 때까지 시간을 번다.

"이쪽은…… 아마도 위험하겠군. 섀도우, 【그림자 벽】이다!"

다음 공격을 예측하고 피해를 최소한으로 억누른다. 그리고 회피할 수 없을 정도로 거대한 전격이 날아왔을 때는 섀도우의 스킬로 교묘하게 피한다.

스킬과 기술을 조합해 시간을 끌자 다시 메기가 배팅 공격을 받아 지면에 나뒹굴었다.

""이번엔 갈 수 있어요!""

다음번에는 서둘러 다가가기로 결정했던 두 사람이 츠키미와 유키미에 뛰어올라 단숨에 접근한다.

""【더블 스트라이크】!!""

두 사람이 츠키미와 유키미에서 뛰어내리며 쏘아낸 공격은 배팅처럼 둘만의 특성 때문에 대미지가 나오는 변칙 공격과는 다르게 제대로 공격 스킬다운 대미지를 때려 넣었다.

다른 것을 모두 희생하고 손에 넣은 파괴력은 페인이나 미이에게도 결코 뒤지지 않는다. 오히려 누구나 입수할 수 있는 범용 공격 스킬마저도 즉사급 대미지가 되는 것이다.

그러나 메기는 HP가 아주 조금 남은 상태로 살아남아 몸에서 전보다 더 격렬한 전기를 발하기 시작했다. 절대적인 위력을 자랑하는 마이와 유이의 공격을 받았음에도 부자연스럽게 버텨낸 것을 보고 뭔가 올 거란 걸 알아차린 드레드는 한발 먼저 거리를 벌리려고 한다.

""버텨냈어!?""

"물러나! 아마 기믹일 거다!"

놀라면서도 츠키미와 유키미에 다시 올라탄 두 사람은 드레드의 지시에 따라 마르크스가 있는 곳으로 후퇴했다.

세 사람이 흘끗 뒤돌아보자 거대 메기의 방전이 절정에 달하고, 낙뢰처럼 천장까지 닿는 수많은 빛기둥이 되어 지면을 헤집으며 일행에게로 온다.

"【원격설치 · 토벽】, 【원격설치 · 장벽】, 【원격설치 · 성벽】!"

마르크스가 도망치는 세 사람 뒤로 벽을 설치해서 조금이라도 전격이 따라잡는 속도를 늦춘다. 그리고 겨우 마르크스 쪽까지 왔을 때 마르크스는 이즈와 함께 싸웠을 때도 썼던 요새를 만들어냈다.

"【설치 · 하룻밤 성】! 으으, 이걸로도 상쇄할 수 없어……!"

"얼마나 버티지!?"

"이 속도라면…… 30초!"

요새 바깥으론 전격의 새하얀 빛만 보여서 그 너머가 어떤지는 알 수 없다. 하지만 이대로 당할 수도 없다.

"하는 수 없지. 한 방을 더 넣는다. 어차피 이대로 타 버릴 바에는 해 보실까. 귀찮지만."

드레드는 달리 방법이 없다며 요새를 뛰쳐나가 극대화된 전격 속으로 뛰어들었다.

"【초가속】, 【톱 스피드】, 【신속】! 섀도우 【그림자 숨기】!"

드레드가 단숨에 가속하더니 그대로 섀도우의 스킬로 그림자 속에 가라앉는다. 아주 짧은 시간이지만, 스킬로 가속한 드레드는 그 한순간에 거대한 전격을 빠져나갔다.

그 앞에는 거대 메기가 있고 대량의 전격이 쏟아지지만, 애초에 그곳을 통과할 필요는 없다는 듯 드레드는 흙 마법으로 돌 탄환을 만들어냈다.

"하아, 별로 두껍지가 않아서 살았구만."

쏘아낸 돌 탄환이 메기의 미간에 맞아 관통하여 이번에야말로 HP를 0으로 만들었다.

"하아…… 겨우 넘겼나."

"드레드 씨, 괜찮으세요!?"

"응? 그래. 걱정하지 마. 문제없어."

전투가 끝나고 전원이 메달을 하나씩 손에 넣었다. 기뻐 보이는 마이와 유이를 보면서, 드레드는 다음 던전은 더 편하게 이길 수 있는 상대라면 좋겠다고 생각했다.

서쪽으로 향한 멤버는 페인, 미저리, 이즈, 카나데다. 이 멤버들이면 이동은 자연스럽게 레이에 타고 날아가게 된다.

"드레드 쪽이 무사히 던전을 공략한 모양이다."

"대단해. 이렇게 빠른 걸 보면 마이랑 유이도 잘한 걸까."

네 사람의 목적지는 하늘에 떠 있는 섬이다. 대부분이 갈 수 없는 장소에 분위기를 내려고 띄운 섬이지만, 딱 하나 아슬아슬하게 침입 가능한 장소에 떠 있는 섬이 있었다.

"하나만 있다는 게 이상하니까요. 분명 뭔가 있을 거예요."

"그렇지. 단지…… 역시 나왔어."

아슬아슬하게 침입할 수 있는 범위라는 말은 당연히 맵 외곽이라는 뜻이다. 따라서 하늘에서도 강력한 몬스터가 나타난다. 그리고 네 사람의 예상대로 정면에서 박쥐같은 날개를 퍼덕이며 머리에 뿔이 두 개 달린 악마형 몬스터가 잇달아 날아온다.

"지상에도 있었는데, 부하를 불러내는 타입이네. 어떡할래?"

"부유 섬까지 그리 멀지 않다. 한순간만 틈이 있으면 빠져나갈 수 있다."

"알았어. 그럼 결정됐네. 소우, 가자. 【슬리핑 버블】, 【패럴라이즈 샤우트】."

책에서 전격과 비슷한 이펙트가 터지고 무지갯빛으로 빛나는 거품이 뿜어져 나간다. 카나데가 쓸 수 있는 스킬은 소우도 쓸 수 있다. 전부 통한 건 아니지만 마비와 수면이 걸린 악마가 땅으로 뚝뚝 떨어지고 부유 섬으로 가는 길이 열렸다.

"레이, 【유성】!"

네 사람이 탄 레이의 몸을 빛이 감싸더니 급격히 가속해 똑바로 날아간다. 돌진 계열 스킬을 발동시켜 접근하는 몬스터를 쳐내면서 고속으로 부유 섬까지 돌파할 작정이다.

그 계획은 예상보다 훨씬 잘 통해서 주위의 몬스터를 떨쳐내고 단숨에 부유 섬까지 접근했다.

"뒤쪽 견제는 맡겨 둬!"

"전방의 몬스터를 물리치는 데 스킬을 집중하는 편이 좋으니까요."

이즈와 미저리는 쫓아오는 몬스터를 물리치는 역할을 맡고, 페인과 카나데는 남은 몬스터를 쫓아낸다.

"좋아, 내릴 수 있을 것 같다."

이렇게 해서 무사히 부유 섬까지 당도하자 페인은 일단 레이를 원래 크기로 되돌리고 주위를 관찰했다. 네 사람이 내린 곳은 대놓고 착륙해 달라는 듯이 넓게 트인 부유 섬의 끄트머리였다. 부유 섬 자체는 그리 크지 않아 몇 분만 있으면 끝에서 끝까지 걸어갈 수 있을 정도였다.

"눈앞에 보이는 숲에 들어갈 수밖에 없는 모양이군."

"그러네. 경계하면서 가자."

페인을 선두로 넷이서 숲속을 나아간다. 이 숲에는 몬스터가 나오지 않는 것 같아서 다른 장소와 다르다는 것을 알 수 있었다.

"수상한걸. 숨겨진 기믹이라도 있는 걸까."

"아니, 좀 더 알기 쉬운 것 같아. 봐봐, 저기."

카나데가 가리킨 곳에는 숲에 교묘하게 숨어 있는 낡은 건물이 있었다.

"서양 저택인가……."

"너무 노골적인데, 들어가 볼래?"

"그래. 안 들어갈 수는 없지."

정문을 열고 네 사람이 안으로 들어가자 널찍한 현관이 나오고, 그 중앙에는 피로 그린 것처럼 보이는 커다란 마법진이 존재감을 내뿜고 있었다.

"바로 나왔네. 알기 쉬워서 좋은걸."

"함정일 때를 대비해서 대미지 무효와 회복을 준비했어요."

지원 준비도 되었고, 던전 공략을 목적으로 여기까지 왔으니 가지 않을 이유가 없었다. 걱정은 기우로 끝났는지 네 사람의 몸이 익숙한 빛에 감싸여 전이한다. 빛이 잦아들기를 기다렸다가 눈을 뜨자 눈앞에는 벽돌로 된 인공적인 통로가 뻗어 있었다. 뒤가 바로 벽인 걸 보아 알기 쉬운 외길인 듯했다.

"우선은 앞으로 갈 수밖에 없겠지."

"그래, 맞아. 몬스터의 기척도 없어."

전투력이 뛰어난 페인을 선두로 통로를 나아가자 문이 세 개가 있는 홀로 나왔다. 문에는 각각 검, 지팡이, 창 마크가 붙어 있어서 뭔가를 가리키고 있음이 틀림없었다.

"흠, 이건……."

"역시, 안에 있는 몬스터의 성향이려나?"

"저도 그렇게 생각해요. 그렇다면 가장 대처하기 쉬운 걸 고르는 게 좋을지도 몰라요."

네 사람은 의논하여 검의 문을 고르기로 정했다.

문을 열고 들어간 곳은 장해물이 없는 투기장이었고, 맞은편에는 갑옷을 입고 헬름을 쓰고 대검을 든 몬스터가 있었다.

"역시 마크에 대응한 몬스터가 나온다는 예상은 틀림없었던 모양이네."

"네, 게다가 나오는 적이 하나라면 더욱 싸우기 쉽겠어요."

그렇다. 이들의 전략은 메인 딜러인 페인을 전면에 내세우고 지원이 특기인 세 사람이 버프를 있는 대로 걸어 일기당천의 플레이어를 만드는 것이다. 상태 이상부터 회복과 소생, 원호 사격까지, 페인에 대한 지원은 상당히 두터웠다.

"이 정도까지 해 주었는데 질 수는 없지. 소임을 다하도록 하겠다."

이리하여 페인은 검을 뽑고 몬스터와 대치했다.

우선 전략이 성공할지 여부를 확인하기 위해서 셋이서 페인에게 버프를 건다. 상대에 거는 디버프가 없고 사용하는 스킬도 딱히 레어 스킬이 아니지만, 한 사람에게 지원하는 걸로 치면 파격적인 효과다. 페인은 버프가 걸린 것을 확인하고 상대가 다가오기 전에 먼저 접근한다.

"레이, 【성룡의 숨결】, 【파쇄의 성검】!"

레이가 토해낸 눈부신 빛의 브레스가 몬스터에게 대미지를 주며 태세를 무너뜨린다.

페인은 단숨에 달려들어 검을 휘둘러서 몸통을 깊숙이 베었다. 반격으로 내리치는 대검을 옆으로 피하고 이번에는 어깨에서 복부까지 썩둑 벤다. 몬스터도 맞으면 대미지가 심각할 듯한 대검을 괴력으로 붕붕 휘두르지만, 모조리 가로막히고 회피당해서 페인에게 상처를 내지 못한다.

버프가 있다고는 해도, 같은 검을 쓰는 전장에서 이 몬스터와 페인은 확연히 격이 달랐다.

"【단죄의 성검】!"

페인의 목소리와 함께 검에서 빛이 쏟아져 나오고, 내리친 검이 상대의 상반신과 하반신을 둘로 확 쪼갰다. 이리하여 결국 페인은 위태롭지도 않고 시종일관 압도한 채 눈앞의 검사를 베어 넘겼다.

"상상 이상……이네."

"분위기는 탑 10층 보스에 가까운가. 순수하게 강하네."

"이러면 진짜 혼자서 다수를 상대하기 전에는 우리가 버프만 걸어도 괜찮을지도 모르겠네요."

새삼 그 강함을 실감하면서 네 사람은 투기장 안쪽에 있는 문을 넘는다. 그러자 이번에는 두 개의 문이 있고 한쪽은 도(刀), 한쪽은 활이 그려져 있었다.

"어느 쪽으로 하실래요?"

"도로 가자. 사거리가 있는 상대보다 싸우기 쉽다."

다음 상대를 도로 결정하고 문을 지났다. 그러자 조금 전과 똑같은 투기장이 있고 그곳에는 사무라이 한 명이 발도 자세를 취하고 서 있었다.

"과연. 버프가 있는 동안에 쳐 보겠다. 원호를 부탁해도 되겠나."

"물론이야."

"언제든지 괜찮아."

"회복 준비는 해놓았어요."

그 말을 듣고 페인은 한 손에 검을, 한 손에 방패를 들고 사무라이에게 접근한다. 방패를 단단히 들고 정면을 방어하며 접근한 순간, 페인의 눈에도 보이지 않는 속도로 칼이 휘둘리더니 검과 방패의 가드가 미치지 못했던 팔과 어깨에서 대미지 이펙트가 터지고 넉백 효과로 날아간다. 대미지는 미저리가 즉시 회복해서 남은 피해는 없지만, 서로 대치하는 상황이다.

"과연. 역시 아까 검사와는 타입이 다르군."

"그럼 예정대로 가자."

"그래, 그렇게 하지. 【부동(不動)】!"

페인은 스킬로 넉백 무효를 부여하고 이번에는 방패를 들지 않고 달려든다.

"소우, 【중력의 우리】."

"페이, 【옭아매는 풀】."

발도 자세에서 움직이지 않는다면 위치 지정 마법도 쉽게 맞힐 수 있다. 카나데가 소우에게 이동 속도를 대폭 떨어뜨리는 필드를 설치하게 하고, 이즈는 몬스터가 밟으면 이동을 방해하는 식물을 자라게 하여 사무라이가 만에 하나라도 페인에게서 도망치지 못하게끔 했다.

페인이 그대로 사무라이와 거리를 좁히자 사무라이는 보이지 않는 공격을 펼쳤다. 그러나 페인은 아랑곳하지 않는다는 듯이 대상단으로 검을 겨누었다. 당연히 사무라이의 칼이 몸을 깊이 베지만, 페인은 그대로 몬스터를 공격했다.

"【치유의 빛】!"

페인 일행은 머릿수가 많다는 이점이 있다. 이 이점을 살리지 않을 수는 없다.

넉백을 무효화한 페인이 계속 공격만 하면, 원래라면 공격 속도가 우수하고 몬스터이기에 HP가 많은 사무라이가 이길지도 모른다. 그러나 미저리가 있으면 그렇게 되지 않는다. 미저리의 회복으로 페인은 죽지 않고 묵직한 일격을 계속해서 날릴 수 있다. 필살의 공격을 HP로 버티는 막강 플레이어에게 이길 수 있을 리 없는 것이다.

"【괴벽(壞壁)의 성검】!"

빛과 함께 내리친 검이 가드당하기 전에 사무라이의 목덜미에 꽂히고, 사무라이는 빛이 되어 사라졌다.

그냥 둬도 일기당천인 페인을 더욱 강화하여 나아가기 위해서 구성된 일행이다. 몬스터 측이 혼자여서는 상대가 되지 않는 것도 당연했다.

"자, 다음으로 가자. 아마도 적의 숫자도 늘어날 것 같군."

그리하여 네 사람은 해치울 수 있는 곳은 빠르게 해치우고 가자며 다음 문으로 향했다.

결론부터 말하면, 페인 일행의 예상대로 적은 늘어갔다. 두 명에서 세 명, 세 명에서 네 명. 어떤 때는 일행보다 많은 경우도 있었다.

그러나 그것은 전혀 의미가 없었다. 원래부터 페인이 혼자서 싸우고 다른 멤버가 버프와 방해에 전념해도 문제없는 상대이다. 머릿수를 늘려도 후방에 있던 세 사람이 각자 공격 능력을 발휘하기 시작하면 대처할 수 있는 것이다.

방 안에서 굴러다니는 폭탄, 잇달아 꺼내는 마도서, 모두가 공격과 방어에 나설 필요가 생기면서 더욱 존재감이 커지는 범위 버프와 범위 회복. 최강 클래스인 전위를 돌파하지 않으면 이 마구잡이로 자리를 어지럽히는 후위들에게 도달할 수 없으니 도중에 나오는 몬스터들에게는 벅찬 짐이었다.

"후우, 겨우 보스인가. 예상 이상으로 방이 많았군."

"그러네. 도대체 어떤 보스일까?"

"도중부터는 상상이 안 됐죠. 지금까지는 인간형 적뿐이었으니 보스도 그럴지도 몰라요.”

“들어가 보면 알겠지. 음, 해치우기 쉬운 거면 좋겠는데.”

네 사람은 각자 테이밍 몬스터를 소환한 다음 보스방 문을 열고 안으로 들어간다.

안쪽은 직사각형 방으로 입구부터 안쪽으로 길게 뻗어 있었다. 가장 안쪽에는 세세하게 장식된 거대한 직사각형 석판이 떠 있고, 네 사람 뒤에서 문이 닫힘과 동시에 그 위에 HP 게이지가 표시되었다. 네 사람이 모두 예상 밖의 상대라는 표정을 짓는 가운데 석판 주위에 오는 도중 문에 새겨져 있던 마크가 떠오른다.

심지어 그것은 페인 일행이 해치우지 않았던 루트의 마크밖에 없는데, 마크만 보아도 마술사와 궁사, 포수 등 원거리 공격인 것들이 즐비했다. 그리고 그 마크가 빛나는가 싶더니 그에 대응한 몬스터가 우르르 튀어나왔다.

“그렇군.”

“원거리 공격수가 대량으로 늘어섰네요.”

“그럼, 그 작전으로 갈 수밖에 없겠네.”

“그럼 내가 시간을 끌게.”

카나데가 혼자서 앞으로 나가더니 잇달아 마도서를 꺼낸다.

“【마비의 가루】, 【높은 파도】, 【점착탄】, 【마력 저해】.”

담담히, 효과적인 스킬을 즉시 선택해 발동한다. 효과가 떨어지는 소우의 스킬이 아니라 자신이 저장한 마도서를 사용해 마비를 뿌리고, 넉백 효과가 있는 큰 파도를 불러내고, 지면에 묶어놓아 이쪽으로 다가오는 얼마 안 되는 전위들의 발을 묶는다.

후위 마법사에게는 마법 위력과 사거리를 감소시키는 스킬로 방해한다.

"아, 저 석판, 주기적으로 소환하는구나……."

그것은 아무래도 막을 수 없어서, 쓰는 마도서를 늘리면서 접근을 막는다.

"【대규모 마법 장벽】! 소우, 너도【대규모 마법 장벽】!"

전위를 붙잡아 두고 있는 사이에 늘어날 대로 늘어난 후위 적에게서 대량의 마법과 화살과 포탄이 날아온다. 카나데가 소우와 함께 이중으로 전개한 장벽은 그 모든 공격을 확실하게 받아내 무력화한다.

그리고 이때 발동하기까지 시간이 걸리는 페인의 스킬이 마침내 발동했다.

"【성룡의 광검】!"

【단풍나무】 거점에서 미이와 함께 몬스터를 요격할 때 썼던 스킬은 단순히 광범위로 강력한 공격을 가하는 것으로, 심플하기에 더욱 강력했다. 이 스킬을 사용해서 일격에 결판을 내는 것이 네 사람의 비장의 수로, 몬스터를 대량으로 소환하는 이 석판을 상대로는 그야말로 절호의 한 수였다.

빛과 충격파가 휘몰아치고 몬스터가 날아가 사라지는 가운

데, 빛이 채 사라지기 전에 네 사람은 레이의 등에 뛰어올라 【유성】으로 단숨에 석판과의 거리를 좁힌다.

"추가 공격도 해야지."

후위 세 사람은 사전에 돌린 폭탄을 인벤토리에서 꺼내 뿌리는 것도 잊지 않았다.

석판에 레이가 돌진하여 대미지를 넣자 각자가 공격을 펼친다. 신속한 소환과 플레이어가 피한 몬스터를 불러내는 데 특화된 석판 본체는 고만고만한 요격 마법밖에 탑재하지 않아서, 미저리의 회복 마법을 깨뜨리지 못하고 HP가 팍팍 줄어든다.

소환한 몬스터가 일격에 쓰러지면 스스로는 전투력이 없는 소환 타입으론 제대로 맞서 싸울 수 없다.

"【단죄의 성검】!"

"【홀리 스피어】!"

"페이, 【아이템 강화】, 【리사이클】!"

"【토네이도】!"

석판을 요란한 공격 이펙트가 감싸고, 페인의 강력한 범위 공격에도 휩싸인 석판은 가장자리부터 점점 금이 가더니 마침내 소리를 내며 부서졌다.

"전략적 승리일까?"

"상성도 좋았다. 방의 형태도 내 스킬에 잘 맞았다."

"마술사랑 궁사가 그만큼 나왔을 땐 좀 초조했는데, 호쾌하게 이겼네."

"네, 과연 강력했어요."

알림음이 나고 페인 일행도 메달을 입수하는 데 성공했다.

아직 해가 질 때까지 시간이 있어서, 네 사람은 다음 던전을 찾으려고 움직였다. 날마다 횟수가 리셋되는 강력한 스킬은 날짜가 넘어가기 전에 다 써서 탐색하는 것이 가장 좋다.

이렇게 해서 네 사람은 다시 서양 저택으로 돌아갔다.

5장 방어 특화와 새 파티.

 남쪽으로 간 멤버는 드라그, 신, 크롬, 카스미다. 물론 이 조에도 함께 이동할 수 있는 수단을 가진 플레이어 카스미가 있다. 카스미는 하쿠를 【초거대화】시켜 첫날에 【단풍나무】가 전이한 사막 쪽으로 가고 있었다. 그 이유는 네 사람이 사리의 맵에 따라 수상한 포인트를 돌아보았지만 운 나쁘게도 전부 헛수고였기 때문이다. 남쪽은 포인트들이 한데 모여서 탐색하기 쉬웠지만, 사리의 맵에 표시된 수상한 지점은 적었다.

 이렇게 탐색 우선도가 높은 장소를 다 돌아 버렸기 때문에, 사리가 점찍은 오브젝트는 없었지만 찾기 힘든 장소에 있을 가능성을 생각해서 사막으로 온 것이다.

 "페인의 드래곤을 보고도 생각했지만, 이동할 때 태워 주는 몬스터는 좋군."

 "우리 미이도 이동할 수 있어서 도움이 된다고 하더라."

 "뭐 기동력은 공략 속도에 영향을 주니까……. 뭔가 그럴싸해 보이는 건……."

 "좀처럼 없군. 다른 방향으로 간 조는 순조롭게 공략하고 있는 모양이다만……."

네 사람은 각각 메달 획득을 알리는 메시지를 받았다.

슬슬 우리도 성과를 내고 싶다며 넷이서 하쿠의 머리에 타고 주위를 관찰하자, 멀리서 윌과 악마가 플레이어와 싸우고 있는지 마법 이펙트가 터지는 것이 보였다.

"맵 외곽에도 플레이어가 있는 듯하군."

"다들 똑같은 생각을 하는 거지. 뭐, 이만큼 큰 사막이면 뭔가 있다고 생각하는 게 당연하겠고."

그리고 한동안 나아가자 갑자기 날씨가 나빠지고 강렬한 모래폭풍이 불기 시작했다. 경계하고 있지만 맵 외곽인데도 우글대던 악마형 몬스터가 다가오지 않는다. 크롬은 탱커로서 누구보다도 경계하고 있었지만, 몬스터가 다가올 낌새가 전혀 없었다.

"이건 뭔가 있군……. 카스미! 일단 내리지 않을래?"

"그래, 그리하자."

뭔가 있다고 느낀 네 사람은 일단 하쿠를 원래 크기로 되돌리고 도보로 탐색을 시작했다.

"진짜 엄청난 모래폭풍이구만. 바로 코앞도 안 보여."

"【붕검】을 주위에 띄워 둘까. 그렇게 하면 뭔가가 다가오는 건 알 수 있으니까."

신이 【붕검】을 발동해 일행을 중심으로 큼지막한 원이 되도록 분할한 검을 회전시킨다. 이제 나름대로 큰 몬스터라면 전

후좌우 어디서 오든【붕검】에 걸리므로 기습의 위험을 줄일 수 있다. 그리고 한동안 걸어가자 신의【붕검】에 반응이 왔다.

"오, 뭔가 걸렸는데……. 이 느낌은 몬스터가 아니군."

"그럼 그리로 가자. 뭔가 있겠지."

네 사람이 그쪽으로 가자 모래폭풍 사이로 모래가 섞인 바위 밭이 펼쳐져 있고, 그 바위 틈새를 통해서 지하로 내려갈 수 있을 것 같았다.

"가 볼까. 드디어 당첨인 것 같은데."

"그래, 그리하자. 이렇게 좁아서야 하쿠가 거대화할 수 없지만 어쩔 수 없지."

바위 틈새로 내려가자 모래가 사르륵 떨어지는 소리가 들리는 지하 공간이 펼쳐졌다. 바닥은 모래밭인 듯, 발이 가라앉지는 않지만 조금 걷기 불편했다.

"오, 이거 본격적으로 당첨인 것 같은데. 좋은걸."

"일단 내가 선두에서 갈게."

"응, 그럼 크롬에게 맡길게."

"자, 뭐가 나올까……."

크롬을 선두로 한 걸음 내디뎠을 때, 발밑의 모래에서 커다란 전갈이 한 마리 확 튀어나와 모두의 무기가 닿기 전에 크롬을 한 번 찌르고 도로 들어갔다.

그와 동시에 크롬에게서 이펙트가 터져 이전에 이즈에게 받았던 즉사 공격을 대신 받는 아이템이 발동한 것을 알린다.

"아니, 이런!? 저 전갈은 즉사 효과가 있어!"

"일단 피하지 않으면 곤란하겠어!"

"그럼 여기 타, 지면과 거리를 벌리지."

그렇게 말하고 신이 사람들 앞에 발판이 되도록 【붕검】의 날을 띄웠다. 드라그는 한순간 망설이는 표정을 지었지만, 평소 메이플과 함께 있는 크롬과 카스미는 신경 쓰지 않고 그 위에 올라타 일시적으로 고비를 넘기고, 작전회의를 시작한다.

"신, 이 스킬은 이런 것도 할 수 있었군."

카스미가 이건 몰랐다는 듯 발밑의 붕검을 가리킨다.

"전에 메이플에게 힌트를 얻었거든. 날아다니는 검을 쓰는 방법에도 여러 가지가 있구나 하고 깨달았지."

"그런데 어떡하지. 이즈한테 받은 즉사 내성 아이템은 있지만…… 잡몹 상대로 그렇게 퍽퍽 써도 될 물건도 아니고."

"아니 문제없어. 나한테 맡겨라. 일단 모래 속 전갈의 위치를 알 수 있으면 되겠지."

드라그가 그렇게 말하고 어스를 불러낸다. 어스는 지면에 관련된 스킬을 풍부하게 가지고 있는 골렘이라서 대응책이 될 만한 스킬도 가지고 있었다.

"어스, 【지진】!"

드라그가 가장 빠른 방법을 외치고, 어스가 지면을 흔들자 모래 속에서 대미지를 받은 이펙트가 터진다. 그 이펙트는 그곳에 뭔가 있다는 것을 가리키는 것이나 다름없다.

"신, 지금이다! 그 검이라면 안전하게 갈 수 있어."

"오케이!"

신은 발판으로 삼지 않았던 검을 대미지 이펙트가 발생한 모래 속으로 날려 꽂았다가 들어 올린다.

그러자 검에는 모두 새카만 전갈이 꽂혀, 빠져나가려고 몸부림친 뒤 펑 소리를 내고 사라졌다.

"HP가 적은 게 다행이군. 모래 위로 걸어가기 전에는 이걸 꾸준하게 계속할 수밖에 없겠지."

"어쩔 수 없다. 그런데 보스도 불길한 예감밖에 안 드는군."

도중에 나오는 잡몹이 즉사 공격을 가진 전갈임을 생각하면 보스도 상당히 비뚤어진 놈으로 예상할 수 있다.

"뭐 대처법이 있는 만큼 다행이지. 그리고 찔린 게 크롬이었던 것도 다행이고."

사람에 따라서는 영문도 모른 채 탈락할 수도 있다. 던전에 스스로 들어가는 리스크를 새삼 깨달았지만 그래도 네 사람은 앞으로 나아갔다.

그로부터 잠시 후, 어스와 드라그가 지면 전체에 영향을 미쳐 끄집어내거나 찔러서 나오게 한 전갈을 셋이서 해치우고 안전 지대를 확보하며 나아가자 마침내 바닥이 모래로 덮이지 않은 장소로 나갈 수 있었다.

"하아…… 다행이군. 여기라면 다소 안심할 수 있겠지."

"거참. 그 전갈 진짜 귀찮았어. 다시 모래밭에 가고 싶진 않은데……."

"【붕검】덕분에 진짜 살았다. 체감상 이제 반쯤 온 건가?"

"바위밭이 된 걸 보면 일단락됐다고 할 수 있겠지."

발밑에 대한 경계를 어느 정도 풀어도 되자 네 사람의 진행 속도는 확 올라갔다. 그리고 크롬을 선두로 나아가자 새로운 몬스터가 나타났다.

"엇, 여기는 뱀인가. 바위 구멍에서 나오는군."

"어차피 독이나 즉사가 있겠지. 얼른 해치우자."

이 뱀도 HP는 적은 듯해서, 네 사람은 이 던전의 컨셉이 대략 기습으로 즉사를 노리는 타입이라는 걸 깨달았다.

"정신적으로 힘들군……."

"얼른 보스까지 가고 싶은데, 엇, 뭐지?"

선두에서 걸어가던 크롬이 모퉁이를 돌았을 때 바위벽에 꽃이 잔뜩 핀 것을 알아차렸다. 지금 네 사람은 모든 오브젝트가 즉사 공격을 한다고 생각하고 있어서 자극하지 않도록, 건드리지 않도록 조용히 그곳을 지나간다. 그러나 그렇게 두지는 않겠다는 듯, 바위 구멍에서 스르륵 빠져나온 뱀이 그 꽃을 몸으로 자극하고 말았다. 그러자 꽃에 닿아서 날 것 같지 않은 방울소리 같은 '소리'가 울려 퍼지고, 벽의 구멍에서 뱀이 기어 나온다.

"앗, 젠장! 기껏 안 닿게 하고 있었는데!"

"웬, 【풍신】!"

밀어닥치는 뱀을 해치우기 위해 신은 어쩔 수 없이 바람 칼날을 쏘았다. 당연히 다른 꽃도 자극하지만, 우선 이 뱀 무리를 버려야 한다. 신은 【붕검】을 회전시켜 다가오는 뱀을 잇달아 베어낸다.

"안쪽으로 들어오려는 놈부터 공격해 줘! 그렇게 세세한 조작은 아직 힘드니까!"

"이쪽은 일단 튕겨낸다! 【흙파도】!"

"네크로 【죽음의 불꽃】!"

"【혈도】!"

밀려드는 뱀에게 물리지 않도록 전원이 여러 마리를 공격할 수 있는 스킬로 수적인 열세를 극복한다. 그리고 섣불리 도망치지 않고 제자리에서 버티며 요격에 전력을 다한 대처가 틀리지 않았는지 모든 뱀을 해치우는 데 성공했다. 평소와는 다르게 한 대도 맞서서는 안 되는 전투가 끝나고, 네 사람 모두 안도의 한숨을 내쉬었다.

"어서 보스까지 가자. 이건 도중이 더 힘들겠어."

"동감이야……."

다시 꽃이 효과를 발휘하기 전에 네 사람은 서둘러 그 자리를 뒤로하고 앞으로 나아갔다.

네 사람의 바람이 이루어졌는지, 보스방은 별로 멀지 않았다. 잠시 뱀을 처리하는 사이에 평소에 자주 보는 문 앞까지 올 수 있었다.

"자, 연다. 괜찮겠지?"

"그래, 문제없어."

"괜찮아, 나도 준비 완료야!"

"나도 언제든지 상관없다."

　전원이 동의하자 크롬을 선두로 보스방 안에 뛰어든다. 그곳은 천장에서 사르륵 떨어진 모래가 몇 군데 산을 이루고, 바닥이 온통 모래로 뒤덮인 방이었다. 그러나 잠시 뭉쳐서 상황을 살펴도 딱히 아무것도 나타나지 않는 바람에 어찌된 일인지 의심한다.

"아무것도 없는…… 건가?"

"아니, 안쪽 모래산에 뭔가 묻혀 있군. 수상한 냄새가 풀풀 나."

　신이 뭔가를 발견하고는 자신이 먼저 다가가지는 않겠다는 듯 검을 날려 그것을 파냈다. 카스미가 그것을 보고 스킬을 써서 정체를 확인한다.

"【멀리보기】. 사람 뼈인가……? 아니, 안쪽에 뭔가 있군. 크리스탈 뱀과…… 전갈?"

　두개골 속에 번쩍 빛나는 무언가가 보이고, 그것이 온몸이 크리스탈로 된 뱀과 전갈이라는 것을 눈치챈 순간, 뱀과 전갈이 두개골에서 기어 나와 모래산에 숨어 버렸다.

그와 동시에 수많은 모래산 속에서 본 적이 있는 뱀과 전갈이 대량으로 기어 나온다.

""""또냐!"""""

예상대로였다. 하지만 틀렸으면 했던 예상이 맞자 네 사람이 이구동성으로 외친다.

보스는 틀림없이 그 크리스탈 뱀과 전갈이지만 그것들을 해치우기 전에 즉사 효과를 가진 대량의 잡몹을 처리해야 한다.

보스방에 나오지 않길 바랐던 것들이 전부 나오고 말았지만, 네 사람은 마음을 굳게 먹고 무기를 겨누었다.

"전갈은 위험할 거다! 나와 신은 그쪽을 잡지. 카스미와 크롬은 뱀을 부탁해!"

""그래!""

"【흙파도】! 어스, 【지진】!"

"웬, 【풍신】! 【붕검】!"

드라그는 지면을 흔들어 광범위의 전갈에게 한꺼번에 대미지를 넣고 넉백으로 날려 보내 모래에서 끌어낸다.

신은 【붕검】으로 분할할 수 있는 최대 개수까지 검을 분할하더니 지면에 아슬아슬하게 닿도록 모아서 횡으로 후려쳐 단숨에 격파해 나간다.

"【죽음의 불꽃】!"

"【무사의 팔】! 【혈도】!"

그리고 크롬이 조금 앞에 나서서 어그로를 끌고 불꽃을 뿜어내 한꺼번에 불사른다. 남은 뱀은 신과 똑같이 카스미가 횡으로 휘두른 액체 상태의 칼이 벤다. 그러나 모래에서는 잇달아 전갈과 뱀이 솟아나와 끝이 없었다.

"우리는 스킬을 써서 대응하고 있는데 너무하군!? 이대로는 쿨타임 때문에 다 없애지 못해!"

"어딘가에 그것들이 있을 거다! 보스는 그 크리스탈 녀석들이겠지, 찾을 수밖에 없다!"

카스미와 크롬의 범위 공격은 연타할 수가 없다. 신이 간신히 검을 쪼개서 해치우고 있지만, 한 번의 실수로 무너져도 이상하지 않다.

"윽, 어쩔 수 없군. 비장의 수단을 쓴다. 어스, 【분노하는 대지】!"

드라그가 어스에게 명령하자 방을 거의 다 뒤덮는 수준으로 지면이 붉게 빛나고, 거기서 날카롭게 깎인 바위가 튀어나온다. 그 바위가 뱀과 전갈을 억지로 모래에서 끌어내 꼬챙이처럼 꿴다.

"찾았다. 저기다!"

"오냐, 나한테 맡겨!"

카스미가 보스가 있는 곳을 찾아내기 위해 관찰을 맡아 크리스탈 뱀과 전갈을 재빠르게 찾아내자 신의 검이 단숨에 갈가리 찢는다.

"어때!?"

"아니, 안 끝난 것 같아."

일정한 대미지를 받자 두 마리는 스르르 빠져나가 다시 모래 속으로 파고들어가 버렸다. 네 사람은 다시 모래 속에서 뱀과 전갈이 쏟아져 나올 것을 대비해 전투태세를 취하지만, 전혀 그럴 낌새가 없었다.

네 사람은 이상하게 생각하다가 안쪽의 모래 산이 스멀스멀 움직이는 것을 보고 그쪽으로 몸을 돌렸다. 당장에라도 쏟아지는가 싶었는데, 두 개의 모래산은 그대로 형태를 갖추면서 굳더니 마침내 네 사람보다 덩치가 큰 모래 뱀과 전갈이 되었다. 이마 부분에 크리스탈 몸이 작게 드러나고, 두 마리가 형태를 갖춤과 동시에 넘쳐나던 뱀과 전갈은 사라졌다.

HP 감소에 따른 기믹. 보스의 진면목인 형태 변화.

원래라면 정신을 단단히 차려야 할 상황이지만, 네 사람은 기다렸다는 듯 기쁘게 무기를 겨눈다.

"이거라면 바로 정면에서 갈 수 있겠어."

"내가 어그로를 끌게. 너희는 그 틈에 공격해."

"먼저 전갈부터 가자. 공격하면 귀찮을 것 같으니까."

"그래, 이거라면 【무사의 팔】도 잘 맞을 거다."

마침내 보스다워진 거대 모래 뱀과 전갈을 본 네 사람은, 남은 HP는 별로 많지 않지만 이제부터가 진짜 보스전이라는 듯이 달려간다.

"【도발】! 네크로, 【충격반사】!"

"【땅 가르기】!"

크롬이 어그로를 끌며 모래 전갈에게 접근한다. 전갈은 정통파처럼 집게와 꼬리를 써서 공격하면서 조금 전의 드라그처럼 땅에서 날카로운 모래로 찔러대지만, 크롬이 공격하면서 방어하고 있어서 모래 가시를 직격시켜도 회복 속도를 웃돌 수 없었다.

드라그는 크롬이 전갈의 시선을 끄는 사이에 뱀이 있는 쪽의 땅을 갈라 행동을 방해한다.

그사이 카스미와 신이 크롬의 양옆에서 달려 나간다. 표적은 딱 보기에도 약점인 노출된 신체 부분이다.

신은 모든 검을 한 점에 모아서 그대로 고속으로 날리고, 카스미는 무사의 팔과 합쳐서 세 자루 칼로 찌르기를 펼친다. 그리고 쨍 하고 날카로운 소리가 울리고 모든 검이 크리스탈 몸을 꿰뚫자 만들어진 지 얼마 안 된 훌륭한 모래 몸뚱이가 사라락 무너져 내린다.

"뭐야, 의외로 허무하군."

"다음."

"오, 이러면 어그로를 안 끌어도 될 것 같군?"

먼저 공격하고 있던 드라그 쪽에 나머지 세 사람이 가담해 공격한다. 그 결말은 전갈과 크게 다르지 않았다.

◆ ☐ ◆ ☐ ◆ ☐ ◆ ☐ ◆

나머지 네 사람, 메이플, 사리, 미이, 프레데리카는 북쪽으로
이동하고 있었다.

이동 수단은 시럽, 이그니스, 포학 메이플 등 몇 가지가 있지
만, 속도도 있고 환경에 따라 변화가 생기지 않는 이그니스로
이동하기로 결정했다.

"아! 또 메달이야! 다들 빠르네……."

"애초에 던전이 전혀 안 나타나니까 말이야. 하나는 깼지만
짱이었고."

"이상하게 쉽다 했더니, 결과를 보고 납득했다."

"뭐~ 쉬웠던 건 메이플 덕택 같은데~? 보스에 따라선【헌신
의 자애】랑 높은 방어력으로 완전히 봉인할 수 있고~."

"뭐, 하지만 만능이 아니라는 것도 알게 되었지……. 나름대
로 함께 싸워 왔으니."

메이플의 스킬은 모두 상성이 극단적이다. 독 내성이 있거나
방어력이 높은 몬스터와【기계신】이나【히드라】는 상성이 나
쁘다. 메이플은 방어 올인임에도 대미지를 줄 수 있지만, 그 대
미지를 올릴 방법이 없다. 7층에서 미이가 했던 말처럼 모두의
공격 능력이 올라가면 평균적인 위력으로 떨어지는 것이다.

"애초에~? 대미지가 그만큼 나오는 게 이상하다니까~."

"그런가?"

"그건 그렇지."

"앗, 사리까지!"

어쨌거나 든든한 길드 마스터라며 사리가 웃는다. 이렇게 평화롭게 떠들어도 문제없는 것은 메이플의【헌신의 자애】가 항상 전개되고 있기 때문이다.

"그런데 어쩔 텐가? 현재 북쪽에서 사리가 발견한 오브젝트는 전부 돌았다만……."

"하늘에서 보다가 특징적인 지형으로 가 볼 수밖에 없겠어. 원래부터 맵이 꽤 넓어서 다 돌아보진 못했거든."

사리는 예선 때 포인트를 버는 김에 표시해 놓았을 뿐, 어디까지나 주목적은 본선을 위한 포인트 벌기였다.

"그럼 하나하나 찾아볼 수밖에 없나. 끙, 큰일인데?"

"응, 그러게."

"어휴~ 진짜로 어떡할지 정해야 되잖아~."

"그렇다면 한 번 내려갈까. 하늘에서는 세세하게 못 본다. 게다가 우연히 던전에 들어가는 일도 일어나지 않겠지."

다른 모두도 찬성하여, 미이가 이그니스의 고도를 낮춰 땅에 내린다. 그러자 주위에서 곧장 부스럭부스럭 뭔가가 다가오는 소리가 났다. 그리고 2일째 밤의 기본 몬스터인 외눈박이 사족 보행 악마가 튀어나왔다.

"아, 나왔다~. 가짜 메이플~."

"어? 나, 나라고?"

"뭐, 무슨 말이 하고 싶은지는 알겠지만."

프레데리카가 가짜 메이플로 부른 몬스터는 프레데리카를 발톱으로 콱콱 할퀴었지만, 전부 메이플이 감싸 무력화되었다.

"진짜, 밖에서 안심할 수 있는 거 엄청 편해~."

프레데리카가 지팡이로 몬스터의 머리를 탕탕 두들기자 옆에서 미이의 【염제】화염구가 날아와 몬스터를 불사른다.

"탐색한다고 했지?"

"네~네~. 나도 힘내 볼까~."

"나도-!【전 무장 전개】!【공격 개시】!"

사리는 접근했다가 괜히 세 사람의 사선(射線)을 가로막지 않도록 일단 물러나서 상황을 지켜본다.

이쪽이 대미지를 받지 않는 이상, 어디까지나 일방적으로 유린하는 것은 어쩔 수 없었다.

그리고 한동안 몬스터를 해치우면서 걸어가자 미이가 이상한 점을 알아차렸다.

"이 근처는 몬스터가 조금 많군."

"맵 끝자락이라서 그런 거 아니야~?"

"아니, 확실히 많은 듯한 느낌이 드네."

이미 던전을 하나 돌파한 네 사람은 그 과정에서 맵 외곽 근처의 다른 곳을 탐색했다. 그때와 비교하면 확실히 습격이 격렬해졌다고 느껴졌다.

"뭔가 있으려나? ……몬스터 발생 장치라든가!"

"그건 싫은걸. 하지만 뭔가 있을지도 모르니까 이 근처를 찾아볼까? 시간상으로도 슬슬 마지막 기회야."

예기치 못한 사태에 대비해 거점에는 일찌감치 돌아가고 싶었다. 휴식을 취하지 않고 3일째 탐색에 나서서 능률이 떨어지는 일은 피하고 싶다.

이런저런 사정을 생각하면 슬슬 탐색을 마무리해야 할 무렵이다. 여기서 다시 이동하며 시간을 쓸 바에는 이곳을 파헤쳐보는 편이 나았다.

"그럼 몬스터가 많은 이유를 찾으러 가자─!"

"응~ 얼른 나오면 좋겠네~."

미이와 사리는 공격 능력이 충분하기 때문에 기본적으로 【헌신의 자애】 안에서 요격하면 탐색하기 편하다. 몬스터를 해치우면서 대량으로 있는 장소를 찾아 돌아다니자 차츰 의심이 확신으로 바뀌었다.

"진짜네, 많은 것 같아!"

"그치. 분명 뭔가 있어."

몬스터가 가장 많은 장소로 오자 나무 틈새로 보라색으로 소용돌이치는 원형의 빛이 차원문처럼 떠 있는 것이 보였다.

거기서는 다양한 악마형 몬스터만이 아니라 예선 때 메이플이 보았던 공룡이나 대형 악어 같은 몬스터도 기어 나온다.

"던전……하고는 다른 것 같기도 한데, 어때, 사리?"

"으음, 분위기가 좀 다르네."

"하지만 진짜로 어떤지도 모르고, 메이플이 있으면 저거 건드리러 갈 수 있잖아~?"

"시험해 봐서 나쁠 것은 없겠지."

여기까지 오면 맞는지 아닌지 확인하지 않고 돌아가기도 아쉽다.

"하지만 종류가 많으니까 관통 공격도 있을 것 같은데."

"으, 그치? 우웅. 확 다가갔다가 후다닥 멀어지는 게 아니면 무섭고……. 그럼 날아가는 건 어때?"

"이그니스 말이냐? 나무가 많으니 돌아가든지 해야……. 여기서는 못 갈 듯하구나."

"메이플, 날아가게? 저기로?"

"웅! 이걸로!"

메이플은 자기 등에 있는 멋진 병기를 통통 두드린다. 사리가 그것도 괜찮겠다며 흔쾌히 받아들이는 것을 보고, 사리가 동의한다면 괜찮겠지 싶어서 프레데리카와 미이도 받아들였다. 이렇게 거창한 병기라면 비행 능력도 있을 거라고 두 사람은 멋대로 추측했다.

"갈 수 있다면 나도 상관없다."

"그럼 모두 날 꽉 껴안아."

"응? 음~ 이렇게?"

"이, 이렇게 말이냐?"

메이플을 둘러싸듯이 셋이서 껴안자 메이플이 아이템 상자에서 밧줄을 꺼내 고정한다.

"후…… 좋아. 됐어, 메이플! 언제든 괜찮아!"

"왜 심각하게……? 앗!? 설마 이건 길드전 때 하늘에서 떨어졌던……."

프레데리카의 머릿속에 평범한 비행으로는 불가능한 폭발의 기억이 살아난다.

"【공격 개시】!"

"위, 위험한 것이냐? 히약!?"

메이플의 등에 있는 레이저 병기에 에너지가 충전되고, 한계를 넘은 충전으로 병기가 폭발한다. 그 반동으로 네 사람은 곧장 포탄처럼 날아서 나무들 사이를 빠져나가 똑바로 보라색 빛에 뛰어들었다.

빛은 겉모습 그대로 차원문이었는지 메이플 일행을 통과시킨 다음에 친절하게도 속도를 늦춰 천천히 차원문 너머에 착지시켜 주었다.

"도착–! 수고했어! 짧은 여행이었네!"

"과, 과연~. 이렇게 나는 건 나한텐 무리야~……."

"이렇게 부럽지 않은 기동력도 참 드물군."

"후우, 나도 익숙해지지가 않네."

"사리가 이상하게 침착하니까 평범한 건줄 알았잖아~!"

"메이플은 저것도 평범한 거야."

프레데리카는 그런 뜻이 아니라고 투덜거렸지만, 차원문에 들어왔으니 됐다며 금세 떨쳐낸다. 여기는 몬스터를 토해내는 수수께끼의 차원문 너머인 것이다.

"지금은 딱히 뭔가 있는 것처럼 보이지는 않는다만……."

네 사람이 떨어진 곳은 어두운 보라색 벽과 바닥이 펼쳐진 넓은 공간이었다. 벽과 바닥은 때때로 움직이는 듯해 이 장소가 일반적인 던전이 아님을 알 수 있었다.

"하지만 떨어진 곳에 몬스터가 많지 않아서 다행이야."

"그러네. 찬찬히 탐색해 볼까."

그리하여 메이플 일행은 던전 가장 깊숙한 곳을 목표로 걷기 시작했다.

갈림길이 있는 통로를 오른쪽, 왼쪽으로 나아가자 가장 익숙한 가짜 메이플과 구부러진 뿔과 박쥐 같은 날개가 달린 악마가 몇 번이고 덤벼든다. 이것들은 뭔가 방법이 있어서 시야 바깥의 플레이어를 인식하는지 가만히 있어도 저편에서 잇달아 달려들었다. 그것이 무모한 돌격이라 해도 말이다.

"메이플이 있으면 이 두 종류에게 질 일은 없겠군."

"의외로 경험치가 쏠쏠한걸~. 좋은데~."

"MP 포션은 이즈 씨한테 잔뜩 받았으니까 괜찮아!"

"던전 안에 이게 있다는 말은, 역시 2일째 이후에 발생한 걸까? 예선 때 있었으면 저런 보라색 차원문도 엄청 눈에 띄었을 텐데."

스킬에 횟수 제한이 많은 메이플만큼은 아니지만, 미이도 연비가 나빠서 몬스터를 몇 마리 해치울 때마다 MP 포션을 써야 한다.

사리도 몬스터를 베며 더욱 안쪽으로 걸음을 옮긴다. 메이플의 성능이 극단적이라서 던전 공략은 모든 것을 무력화하고 쉽게 끝내거나, 아니면 메이플에게 힘들거나 둘 중 하나가 되기 쉽다. 이번 던전은 전자라 할 수 있었다. 하지만 이 던전도 몬스터만 덤벼드는 건 아닌 모양인지, 어느 정도 안쪽으로 나아가자 초기 지점처럼 넓은 공간이 나타났다. 그곳의 벽은 지금까지처럼 보라색이 아니라, 흰 덩어리가 여러 개 보이는 것으로 바뀌어 있었다.

"음…… 벽에 흰 덩어리가 있네."

"쳐 볼까?"

"아니, 뭐가 있을지 모르니까 관두자."

"아무래도 우리가 움직이지 않아도 저쪽에서 와 주는 모양이다."

미이가 그렇게 말하며 덩어리 하나를 가리킨다. 그것은 말로 표현하자면 번데기나 고치 같았다. 일행이 다가가자 반응하여 찢어지더니 안쪽에서 몬스터가 스르륵 기어 나온다.

그 숫자를 보고 탑의 몬스터 하우스를 떠올린 메이플과 사리가 프레데리카와 미이에게 지시한다.

"뾰족한 무기나 날카로운 부분이 있는 것부터 차례대로 해치우자!"

"방어 관통 공격이 없으면 괜찮아!"

"그래. 하긴 그렇겠군. 알았다."

"이러면 앞으로 팍팍 나설 수 있으니까~ 그럴싸한 걸 찾는 거라면 쉽지. 잘 노릴 수 있어."

악마형 중에서도 창을 들었거나 날카로운 이빨과 발톱이 있는 것부터 먼저 해치우고, 반대로 근육이 이상하게 발달한 파워 파이터 타입은 뒤로 미뤄 마지막까지 남았다. 힘으로는 메이플을 돌파할 수 없기 때문에 우선순위가 낮다.

"【염제】! 이그니스, 【연쇄 불꽃】!"

"오보로, 【불의 동자】, 【불 옮기기】!"

두 사람의 스킬이 연이어 불꽃을 불러 몬스터를 불태운다. 어느 정도 몬스터의 양이 많을 때 진가를 발휘하는 연쇄 대미지 스킬이라서 방을 메울 듯이 넘쳐흐르는 몬스터 무리에게는 효과가 직방이다.

"【히드라】!"

"진짜 메이플은 다수에게 강하구나……."

범위 공격과 유효타가 없는 적을 차단하는 방어력. 그리고 그것은 주위에 다른 플레이어가 있을 때 더욱 흉악해진다. 어디까지나 메이플의 본질이자 특기 분야는 방어인 것이다.

방어 관통이 있을 듯한 몬스터를 다 해치워 버린 다음에는 뒷정리만 남는다. 전투 자원을 아끼고자 MP를 쓰지 않고 대미지를 낼 수 있는 사리가 공격해서 몬스터를 전부 없앤다.

"후우, 정리됐다."

"고생했어, 사리! 잔뜩 있었지만 하나도 문제없었네!"

"응, 메이플 덕에 편하게 싸웠어."

"에헤헤, 그래-?"

"더 안쪽으로 갈 수 있을 것 같군. 이 상태라면 보스까지 막히는 일도 없겠지."

"그러네~. 자, 가자가자~."

　일행은 메이플의 【헌신의 자애】 범위에서 벗어나지 않게 하면서 이동한다. 그때부터 기본 사양인 것처럼 통로와 벽에 흰 덩어리가 달렸고, 초기 지점에 비해 몬스터 양도 많아졌다.

"아, 맞다! 날짜가 넘어가기 전에…… 【포학】!"

　이제 곧 하루가 끝나기 때문에 메이플은 스킬을 발동했다. 던전 안이라면 허사가 되는 일도 없으리라. 그리고 【포학】을 쓰면서 지금까지 가끔 치사독을 뿌리거나 레이저를 쏘기만 하면서 얌전했던 메이플이 본격적으로 전투에 참가하기 시작했다.

"아, 리얼 메이플이다."

"리얼은 뭐야, 리얼은."

"카스미의 하쿠를 보고도 느꼈지만, 역시 크다는 건 정의로군……."

메이플은 거대한 입을 벌리고 통로를 선두로 달려간다. 아무래도 【포학】 크기로 조정되어 있지는 않아서 자세를 낮추지 않으면 못 지나가지만, 그 말인즉슨 몬스터가 좌우로 돌아 들어올 수 없을 정도의 넓이라는 뜻이다.

메이플이 뻐끔뻐끔 열었다 닫았다 하는 입은 정면에서 달려든 몬스터를 무차별로 집어삼키며 헤집는다. 간신히 목숨을 건진 몬스터가 입에서 기어 나오지만, 그대로 여섯 개의 다리에 짓밟혀 뒤쪽으로 빠져나갈 무렵에는 넝마가 되었다.

"【다중 바람 칼날】!"

그러나 메이플에게서 살아남았다 해서 딱히 풀려날 수 있는 것도 아니라서 마법을 쓰는 세 사람에게 빈틈없이 숨통이 끊긴다.

"역시 이 형태면 잡몹은 일방적으로 당하는구나."

"그렇군……. 보통, 플레이어에게는 다른 형태고 뭐고 없을 테지만."

덤으로 불도 뿜으면서 몬스터를 유린하며 돌아다니자 네 사람의 예상대로 눈 깜빡할 사이에 보스방 앞에 도착했다.

"길드가 다르면 공략법도 달라지는구나~."

"단언하겠는데, 이러는 건 메이플뿐이야."

【단풍나무】 멤버가 다 이렇지는 않다. 비슷한 분위기를 내기 시작한 사람도 있지만 이 정도는 아니다.

"연다-?"

"응, 들어가."

메이플이 머리로 문을 밀어 열고 안으로 들어간다. 방에는 몬스터를 만들어내는 흰 덩어리가 잔뜩 있는데, 맨 안쪽에는 지금까지 본 것보다 훨씬 크고, 이미 완전한 고치라고 봐도 좋을 만한 타원형의 흰 덩어리가 있었다.

네 사람이 방에 들어가자마자 그 거대한 고치가 쩍 갈라지고 안에서 보라색 빛이 흘러넘치더니 날카로운 갈고리발톱이 달린 열 개가 넘는 팔다리와 얼굴 없는 머리, 피막이 찢어진 날개, 프레데리카가 가짜 메이플이라고 표현한 몬스터를 불법 개조한 듯한 몬스터가 기어 나온다.

"리얼 가짜 메이플이야~! 리얼 가짜 메이플이잖아?"

"바보 같은 소리 하지 말고 싸우자!"

"오냐, 전력으로 간다."

"애들아, 온다!"

고치에서 완전히 빠져나온 날개로 펄럭 홰를 치더니, 갈고리발톱을 번쩍이며 보스가 네 사람에게 날아들었다.

보스가 반동을 주어 길게 뻗은 손발을 휘두르자 고무처럼 늘어나 상당한 속도로 양쪽에서 네 사람을 향해 온다.

"【다중장벽】! 노츠, 【돌림노래】!"

프레데리카가 미이와 자기 앞에 장벽을 만든다. 사리는 틀림없이 회피할 테고, 메이플의 크기를 다 덮는 것은 무리라서 지키려면 이쪽이었다.

"으, 센데……!?"

팔 공격은 예상보다 훨씬 위력이 세서 프레데리카의 장벽이 부서진다. 하지만 도달을 늦추는 데 의미가 있었다.

"【플레어 액셀】!"

미이가 단숨에 가속해 프레데리카 쪽으로 오더니 그대로 프레데리카를 안고 갈고리발톱이 닿는 범위에서 탈출한다.

"나이스, 미이!"

"방심하지 마라."

프레데리카의 예상대로 사리도 당연한 듯이 회피하는 와중에 메이플은 거체 탓에 채 도망치지 못하고 갈고리발톱을 맞고 말았다.

메이플의 외피에 좌우에서 날아온 갈고리발톱 숫자만큼 상처가 생기고 대미지 이펙트가 터진다.

아직 【포학】이 해제될 정도는 아니지만, 이대로 가다간 시간문제다.

"우우, 이거 전부 관통 공격이야……!"

"먼저 하늘에서 떨어뜨리자! 미이, 프레데리카! 【얼음 기둥】!"

"이그니스 【꺼지지 않는 맹화(猛火)】!"

"그래그래~ 【다중중압】."

다음 공격을 펼치려는 보스에게 프레데리카가 마법을 써서 움직임을 둔화시킨다.

그리고 왼쪽에서는 사리, 오른쪽에서는 이그니스에 탄 미이가 접근하여 단숨에 머리 위로 다가가 땅에 내동댕이치려는 듯이 공격한다.

"【퀀터플 슬래시】!"

"【염제】!"

머리에 착지한 사리가 스킬을 발동해 머리에서 등까지 베어낸 다음 구르듯이 보스 뒤로 빠져나가고, 미이는 이그니스의 기동력을 살려 보스가 요격하려고 휘두른 갈고리발톱을 피하고 반격했다. 그 대미지로 보스가 바닥에 나뒹군다.

그러자 그때를 놓치지 않고 메이플이 뛰어들어 조금 전에 당한 것을 복수하듯 팔을 물어뜯고 날개를 뜯어낸다.

그러나 보스도 가만히 있지 않고 갈고리발톱으로 메이플을 할퀴고 입에서 뿜어낸 보라색 광선으로 외피를 불태웠다.

"""…………."""

서로를 잡아먹는 듯한 광경에 세 사람은 한순간 넋이 나갔지만, 곧바로 메이플에게 가세한다.

세 사람의 지원을 받은 메이플은 보스에게 다시 대미지를 준다. 세 사람의 공격에 보스가 멈칫하면 기회를 놓치지 않고 여섯 개의 다리로 상대를 꽉 붙잡고 열선 같은 불꽃을 끼얹었다. 【헌신의 자애】가 있어서 덩치가 큰 보스가 마구 날뛰어도 아군이 참전하기 편했다.

그러나 보스의 자존심인지, 메이플이 보스를 완전히 먹어치우기도 전에 보스가 메이플의【포학】을 잡아 뜯고 메이플을 땅에 떨어뜨린다. 단숨에 체격차가 생기자 보스가 메이플을 깔아뭉개려는 듯이 몸을 얹는다. 메이플은 그 정도는 상관없다며 전투태세를 취했지만, 보스의 배 부분이 꿀렁꿀렁 움직이고 날카로운 바늘이 생성되는 것을 보고 눈을 부릅떴다.

"앗, 어어,【피어스 가드】!"

익숙하지 않은 스킬로 간신히 관통 공격을 무효화한 직후, 보스의 커다란 몸뚱이에 짓눌려 세 사람에게 모습이 보이지 않게 되었다.

"메이플, 괜찮아!?"

사리의 물음에 대답은 들려오지 않았지만, 잠시 후 보스의 몸이 안쪽에서 뭔가 터지는 묵직한 소리와 함께 대미지 이펙트를 대량으로 발생시키고 등에서 검은 안개를 두른 다섯 개의 촉수가 구불텅구불텅 뻗어 나온다.

"기믹!? 자폭해서 형태 변화~?"

"아니, 저건."

"메이플이야."

"에엥……?"

촉수를 능숙하게 움직여 몸에 구멍을 뚫고 등 쪽에서 메이플이 불쑥 나온다.

"휴, 탈출 성공! 와왓,【커버 무브】!"

메이플은 다시 뛰어올라 거리를 두려고 하는 보스의 등에서 사리 쪽으로 순간이동했다.

"어떠려나? 대미지는 제법 준 것 같은데……."

"반 남았네……. 꽤 튼튼한걸. 화염 공격이 별로 안 통하는 걸지도 몰라."

메이플의 촉수에는 공격 성능밖에 없어서 보스의 다음 행동에 대비해 왼팔을 원래대로 되돌린다.

"【악식】도 아직 쓸 수 있어!"

메이플은 2일째에 거점에서 지내거나 표식이 되도록 폭발하면서 대부분의 시간을 썼다.

그래서 【기계신】의 병기가 얼마 안 남았지만, 【악식】과 【히드라】와 【포식자】는 아직 불러낼 수 있고 파워도 충분했다.

네 사람은 뛰어서 물러난 보스의 다음 행동을 보려고 가만히 기다렸다. 그러자 보스는 자기가 태어난 고치 앞에서 고도를 유지하더니 뒤에 있는 고치에서 보라색 빛을 거두어들이기 시작했다.

"뭔가 온다!"

보라색 빛이 충분히 모이자 보스의 몸에서 똑같은 색의 빛이 일어나기 시작하고, 마법진이 몇 개나 전개되더니 보라색 불꽃이 네 사람에게 날아온다.

"【다중가속】, 【다중장벽】!"

메이플을 제외하고 나머지 세 사람은 이동 속도를 높여서 회피를 시도했다. 메이플은 반대로 방패를 단단히 들고 그 공격을 받아내려 한다. 보라색 불꽃은【악식】에 흡수되지만, 그 어마어마한 양에 사용 횟수가 먼저 끝나 버렸다. 맨몸으로 받아내게 된 메이플의 주변이 불타올라 메이플의 HP를 깎는다.

"역시!? 불꽃은 안 된다니까!"

적이 쓰는 불꽃에 좋은 기억이 없는 메이플은 급하게 병기를 전개하고 자폭해서 단숨에 뒤쪽으로 물러났다.

"우리는 피할 수 있으니까! 우리가 주의를 끄는 사이에 회복해!"

"응! 고마워!"

사리가 집중력을 올리고, 터지는 불꽃 사이를 빠져나가 단숨에 거리를 좁힌다.

"【물의 길】!【빙결영역】!"

사리의 발밑에서 앞쪽으로 물기둥이 뻗어 나가고, 그와 동시에 몸에서 흰 냉기가 날아간다. 주위에 있는 사물이 급속도로 얼어붙고, 무기에서는 오보로가 부여한 불꽃과【빙결영역】의 얼음이 번갈아 보인다. 불꽃과 얼음을 흩뿌리는 사리가 물의 길을 얼리고, 다시 보스를 지면에 떨어뜨리려 달려간다.

"공중에서도, 제법 움직일 수 있게 됐나!【얼음 기둥】!"

공중에 발판을 만드는 스킬과 실을 펼치는 스킬로 보스의 불꽃을 재빠르게 빠져나가, 마치 땅 위를 달리는 듯 자유자재로 날아다니며 치고 빠지는 공격으로 대미지를 넣는다.

"좋아, 보스가 이쪽을 봤군······."

일단은 공격하는 사람이 사리밖에 없어서 보스가 그쪽만 보고 모든 불꽃을 쏟는다. 그러나 예상대로다. 남은 건 전부 피하는 것뿐.

"집중······!"

대형 보스인 만큼 공격 자체는 세밀하지 않고 전체를 불살라 버리겠다는 타입이다. 지면에 남은 불꽃을 피하기 위해 공중을 경유하는 것도 잊지 않고 계속해서 회피한다.

예전에 이벤트 탑 10층에서 대미지 필드를 남기는 타입의 더욱 섬세하고 강한 적과 싸운 경험도 있어서, 사리는 마치 미래가 보이는 것처럼 공격을 회피했다.

"대단한데~······."

"프레데리카, 미이, 메이플! 슬슬 준비 끝났어?"

"응! 괜찮아!"

"그래, 문제없다."

"버프 걸 준비도 오케이야~."

"그럼, 【초가속】! 오보로 【행방불명】!"

사리가 가속해서 뒤에서 덮쳐드는 갈고리발톱을 오보로의 스킬로 건너뛰고 메이플과 모두가 있는 곳까지 달려간다. 그곳에는 거대한 시럽과 이그니스, 남은 병기를 전개한 메이플과 온몸이 불꽃에 감싸인 미이가 있었다.

"그럼 마지막 마무리로~ 노츠, 【증폭】!"

"【살육의 호염】!"

"【공격 개시】!【히드라】!【흘러나오는 혼돈】!"

프레데리카가 스킬 위력을 강화하자마자 미이와 메이플이 강력한 스킬을, 시럽과 이그니스가 각각 불꽃과 광선을 날렸다.

그것들은 보라색 불꽃과 정면에서 충돌해 화려한 이펙트를 날렸지만, 사리가 주의를 끄는 사이에 버프가 쌓일 대로 쌓인 두 사람의 노도와 같은 공격은 불꽃을 밀어내고 뒤에 있는 고치까지 한꺼번에 파괴하며 큰 폭발을 일으켰다.

폭발의 섬광이 가셨을 때, 벽에 있던 고치가 너덜너덜해지고 보스는 몸에서 검은 연기를 피워 올리며 지면에 털썩 무너져 내려 소멸했다.

"후, 좋아! 이겼네!"

"그래, 좋은 공격이었다. 프레데리카도 고맙다."

"호쾌하게 해치워 주니까 버프를 거는 보람이 있네~."

"이번에는 메달도 들어온 것 같으니까, 이제 웃는 얼굴로 돌아갈 수 있겠다."

"좋아, 그러면 당하기 전에 조심해서 돌아가자!"

아마도 마지막으로 거점에 도착하게 될 거라고 생각하며, 네 사람은 모두가 무사히 거점에 돌아왔을 것을 믿고 던전에서 나갔다.

메이플 일행이 거점까지 돌아오자 이미 나머지 12명이 모여 있었다.

그 모습을 보고 모두가 무사히 돌아온 것을 깨달은 메이플은 기쁜 듯이 손을 휙휙 흔들고 타다닥 달려갔다.

"다들 수고했어-! 잘 끝났네!"

"그래, 메이플네도 잘된 것 같군. 우리도…… 조금 성가신 던전이었지만 어찌어찌 잘 끝냈다."

"우리 쪽은 페인을 강화하는 전략이 들어맞아서 나름대로 편했어."

""저희도 여러분이 강하셔서 잘 끝났어요!""

"다행이다-! 아, 저기, 같이 탐색해 주셔서 고맙습니다! 덕분에 메달도 많이 입수할 수 있었어요!"

메이플이 기쁜 듯이 【집결의 성검】과 【염제의 나라】에 멤버들에게 인사하자 페인과 미이가 인사해야 할 사람은 우리라고 대꾸한다.

"애초에 우리끼리 갔으면 한 개라도 감지덕지였을 거다. 나야말로 고맙다."

"그래, 동맹도 의외로 좋구나."

웃는 얼굴을 보이는 두 사람을 보고 메이플도 더욱 기쁜 듯이 웃는다.

"3일째도 잘해봐요!"

"물론이다."

"그래, 우리도 마지막까지 생존할 수 있도록 최선을 다하마."

라이벌 관계이지만, 메이플에게는 친구이기도 한 페인 일행과 미이 일행을 응원하는 것은 지극히 당연한 일이다.

"야간 보초는 내가 서지. 거점과 메달의 답례라고 생각해 다오."

"나도 마찬가지다. 자리를 빌린 만큼은 일하겠다."

"에헤헤, 고맙습니다!"

그래도 무슨 일이 생기면 금방 달려오겠다고 말하고, 메이플은 공유 공간으로 달려갔다.

"메달을 쓸어담는군."

"그러네요. 그야 뭐, 그 멤버들을 전제로 몬스터를 만들었다간 해치울 수 있는 사람이 너무 적으니까……."

운영자는 【집결의 성검】, 【염제의 나라】, 【단풍나무】에 들어간 메달의 숫자를 보면서 미간을 누른다. 특히 앞의 두 길드에는 강력한 플레이어가 다수 모여 있어서 미이와 페인이 챙긴 것 말고도 메달을 입수했다.

"활발하네. 밤에는 좀 자라고."

"눈치도 좋네요. 2일째에 무리해서 움직였다는 말은, 그런 뜻일 테고요."

"남은 건 그 녀석이 얼마나 힘써 주느냐로군."

그렇게 말하고 남자들이 준비한 몬스터를 확인한다.

"3일 생존하긴 어렵게 설정해 놓았는데, 어떻게 될까요."

그리고 그들은 결과가 기대된다며 3일째가 오기를 가만히 기다렸다.

6장 방어 특화와 대결전.

교대로 경계한 덕분에 느긋하게 쉴 수 있어서 모두가 양호한 상태로 3일째 아침을 맞이했다. 메이플은 침대에서 일어나 기지개를 쭉 켜고 옆에 있는 사리 방으로 간다.

방에서 나왔을 때, 마침 사리도 밖으로 나와 메이플과 마주쳤다.

"잘 잤어? 오늘로 3일째네."

"응, 메달은 이미 충분히 모았으니까 우린 살아남는 걸 중시해서 가자."

"아, 맞다! 맵이랑 메시지는……."

"메시지 기능은 여전히 안 돼. 하지만 맵은 또 조금 달라졌어. 뭐, 보면 알 거야."

메이플이 맵을 열자 무수한 파란 점이 표시되어 있고, 몇 군데 빨간 점도 표시되어 있다.

"이건? 아, 설명이 있네. 우웅, 파란 점이 플레이어, 빨간 점이 특수 몬스터?"

"응. 다른 사람들과 합류해서 살아남든가, 특수 몬스터? 맵에 나올 정도니까 아마 보스급으로 셀 것 같은데, 그걸 피해서 도망치든가. 지금까지 살아남았다면 일반 몬스터쯤은 어떻게든 될 거고."

"흠흠, 그렇구나."

메이플 일행은 어지간한 일이 없는 이상 오늘은 밖에 안 나갈 것이다. 맵에 나오는 것은 플레이어 위치만이라서 누가 누구인지 알아볼 수 없다. 그래서 【집결의 성검】과 【염제의 나라】도 밖으로 나갈 이유가 적었다.

즉, 메이플 일행이 가장 잘하는, 단단히 준비해서 전력으로 요격하는 전법을 유지하면 되는 것이다.

"3일째는 첫날과 2일째에 비해 끝날 때까지 시간이 짧은 것도 신경 쓰이거든. 단순히 생존해야 하는 시간을 짧게 만들었다고는 생각할 수 없으니까."

"괜찮아, 사리. 모두 함께 싸우면 이길 수 있을 거야!"

"후훗, 그것도 그러네. 너무 깊이 생각해도 별수 없나."

어느 정도는 눈앞의 사건에 그때그때 대응하는 유연성도 필요하다. 잠시 후에는 각 방에서 다른 사람들도 모두 일어나 언제 전투가 벌어져도 괜찮도록 준비하기 시작했다.

메이플과 사리는 마르크스가 설치한 스크린에 비치는 곳을 확인하러 갔다.

어젯밤에 모처럼 밖에 나갔을 때 거점 말고도 몇 군데 더 설치해서 확인할 수 있는 범위가 넓어졌다.

"편하다아……. 나도 이런 스킬을 찾아볼까."

"사리라면 능숙하게 쓸 것 같아. 아, 몬스터가 나온다."

"들어오지는 않는 것 같네……. 좀 바뀐 걸까?"

3일째가 되어도 밖은 여전히 어두컴컴하고, 악마형 몬스터가 여기저기 배회하고 있다. 그리고 공유 공간에서 잠시 영상을 보고 있자 흥미로운 것이 나왔다.

"아, 사리! 저거!"

"응? 저건 어제 그……."

바깥의 상황을 알 수 있는 영상 중 하나에 갑자기 보라색 안개 같은 것이 발생하더니 잠시 후 그곳에 기억에 있는 차원문 같은 보라색 빛이 나타난다.

두 사람이 눈을 떼지 않고 관찰하자 빛에서 2일째에 대량으로 발생했던 가짜 메이플이 슥 나타나 천천히 걸어간다.

"이쪽으로 넘어온 건가?"

"그럴지도 모르겠는데…… 혹시, 늘어났나?"

저 빛이 던전으로 이어지는지는 알 수 없지만, 사리에게는 넘어온 것보다 늘어났다는 것이 더 자연스럽게 느껴졌다. 난이도를 올리는 쉬운 방법은, 적의 HP 같은 스테이터스를 높이거나 숫자를 늘리는 것이다.

"다른 장소에서도 늘어났다면…… 좀 곤란할지도 모르겠네. 아무래도 대처할 수 있는 숫자에 한계가 있으니까."

메이플 일행이 여러 마리의 몬스터를 상대하려면 스킬과 마법이 필요하다. 그것도 나름대로 질이 높은 게 아니면 일격에 해치우지 못하고 두 번 세 번 손이 가게 된다.

페인과 미이의 비장의 기술이라 할 수 있는 【성룡의 광검】과 【살육의 호염】도 연발할 수 있는 스킬이 아니다.

"경우에 따라선 밖에 나갈 필요가 있을지도 모르겠어. 이 동굴이 몬스터로 꽉 찰 정도로 쳐들어오면 다 해치울 수 없으니까 난감하겠지만, 밖이라면 도망칠 수도 있고."

"하긴······."

하지만 그것도 그때가 오지 않으면 알 수 없는 일이라고 사리가 설명하고는 인벤토리에서 사과를 꺼낸다.

"뭐, 뭐든 임기응변으로 하자. 아, 메이플도 먹을래?"

"응, 먹을래! 어디서 따 온 거야?"

"아니, 항상 메이플이 이런 걸 가져오니까 가끔은 나도 뭔가 줄까 싶어서."

"우후후, 그럼 나도 보답으로······."

그렇게 아침 시간을 평화롭게 보낸다. 다른 멤버도 몬스터가 습격하지 않아서 평화로울 동안에 각자 자기 시간을 보내고 있었다. 하지만 지금은 생존을 목표로 하는 이벤트 중이다. 몬스터들도 언제까지나 느긋하게 있게 해 줄 만큼 너그럽지 않다. 몬스터의 습격은 또다시 시시각각 다가오고 있었다.

얼마 후, 몬스터가 우르르 몰려들기 시작했다. 미이와 페인도 빈 시간을 이용해 스크린으로 와서 늘어나는 몬스터를 확인했다.

"이건…… 동굴 안이 더 위험할지도 모르겠군."

"그래, 나도 그리 생각한다. 더구나 마지막 몬스터 강화 시간에 큰 변화가 있을지도 모른다."

"지금도 상당한 인원을 할당해야 하니까."

2일째에는 미이와 페인의 큰 기술로 단숨에 정리할 수 있었는데, 지금은 버프와 디버프, 한데 뭉친 몬스터를 분산하는 작업까지, 협력해서 더욱 조심스럽게 전투를 진행해야 하는 상황이 되었다. 사리도 걱정했던 것처럼 두 사람도 동굴 안에서 물량에 밀리는 것을 걱정하고 있었다.

"다행히 우리는 긴급대피 방법을 몇 개쯤 가지고 있다. 상황을 봐서 밖에 나갈 수도 있겠지."

이그니스, 레이, 시럽은 하늘을 날 수 있다. 물론 차원문에서 출현하는 몬스터 중에는 하늘을 날 수 있는 것도 있지만, 대처해야 하는 숫자가 확 줄어든다.

"사리, 모두 함께 의논해 보자. 살아남으려면 16명이 다 함께 있는 게 좋을 거야!"

"그러네. 그렇게 할까."

모두가 모여서 앞으로에 관해 의논한 결과, 메이플을 포함한 16명은 다음 습격을 물리치고 나서 밖으로 나가기로 했다.

갈 곳은 맵 중앙 부근에 있는 산이다. 산 정상까지 가면 올라오는 몬스터가 있어도 발견하거나 대피하기 쉽다.

"그러면 다음에는 모두가 얼른 해치우고 서둘러 밖으로 나갈게요!"

메이플이 마지막으로 그렇게 말하고 다음 습격을 기다린다. 습격에는 일정 간격이 있어서, 그동안 이즈는 거주 구역을 구축했던 아이템을 회수하고 있었다. 그리고 동굴이 원래대로 아무것도 없는 공간으로 돌아갔을 때 기다리던 습격이 시작되었다.

그러나 아직 걱정했던 만큼의 물량에 달하지 못한 몬스터 무리는 메이플 일행에게 피해를 주지 못하고 완전히 섬멸당하고 말았다.

"지금이야!"

"응, 나가자!"

이동이 빠른 순서대로 먼저 나가고, 올인형인 세 사람(메이플, 마이, 유이)은 츠키미와 유키미의 도움으로 서둘러 탈출했다. 그리고 밖으로 나가 【집결의 성검】은 레이, 【염제의 나라】는 이그니스, 【단풍나무】는 시럽에 타고 한데 뭉쳐 이동했다. 원래 나는 기능이 없는 시럽의 이동 속도는 아무래도 빨라지지 않아서 레이나 이그니스와 달리 하늘을 나는 몬스터의 접근을 피할 수는 없다. 하지만 메이플이 타고 있는 한 방어 관통이 없는 몬스터는 떼로 와도 문제없이 대처할 수 있다. 다가올 수는 있어도 다치게 할 수는 없다. 몬스터에 대처하면서 날아가자 먼저 산 정상에 도착한 인원 여덟 명이 보였다.

"그럼 몬스터를 잡고 나서 내리자!"

메이플은 장비를 변경하고 【폴터가이스트】를 발동하더니, 병기에서 쏜 레이저를 조종하여 한 마리 한 마리 정확하게 불살랐다.

남은 멤버도 거들어서 몬스터를 전부 해치우고, 산 정상에 시럽을 내렸다.

"후우, 이젠 여기서 살아남기만 하면 되네!"

"응. 여기라면 뭔가 이변이 일어나도 금방 알 수 있으니까, 대응하기도 쉬울 거야."

어두침침하긴 해도 다양한 지형이 펼쳐진 모습을 알아볼 수 있다. 뭔가 이상한 것이 보이면 금방 반응할 수 있을 만큼 시야가 트여 있었다.

"난 잠시 주위에 아이템을 설치하고 올게. 저항하지도 않고 근처까지 오게 할 수는 없으니까."

"그럼 내가 호위로 따라가지."

"나도 가마. 그리하면 포위당해도 문제없을 거다."

"고맙군. 부탁해."

크롬과 카스미가 이즈를 호위해 요격용 아이템을 설치하러 간다. 마르크스도 그들을 따라가 요격 준비를 갖추어 간다. 길이 좁아지는 장소나 불안정한 장소에 대량의 트랩을 설치해 두

려는 것이다.

이제 땅으로 걸어서 다가오는 제1진은 차례로 언덕에서 굴러 떨어지게 되리라. 그렇게 준비를 하는 멤버가 있는 한편으로 남은 멤버들은 다가오는 몬스터 강화 시간을 대비해 이변이 없는지 360도 상태를 살핀다.

"이상 없음! ……? 사리, 왜 그래?"

"응? 아니, 맵을 열어 봐."

사리의 말대로 맵을 열자, 플레이어 표시가 줄어든 것과 특수 몬스터를 나타내는 빨간 점이 늘어난 것을 알 수 있었다.

"역시 다들 도망쳐 다니고 있어서 그런가. 빨간 점은 안 줄어들었어."

"살아남아야 되니까."

"응, 우리도 잡으러 가진 못했고. 하지만…… 어쩐지 불길한 예감이 들어."

일부러 특수 몬스터로 맵에 나오게 했는데, 방치해 두어도 될까. 사리 안에 의문이 싹트지만 확신할 만한 정보가 없다.

"지금은 기다릴 수밖에 없나."

"괜찮아! 무슨 일이 있을 땐 내가 지켜줄 거니까!"

메이플이 그렇게 말하고 방패를 쭉 들어올린다.

"후훗, 고마워. 든든하네."

산 정상에 온 이상, 기본적인 전략은 동굴 때와 똑같이 유리한 장소에서 요격하는 것이다.

사리는 자신들이 손대기 힘든 특수 몬스터에 대해 지금 생각해 봐야 별수 없다고 결론을 내리고, 메이플과 함께 날아오는 몬스터 요격에 전념했다.

시야가 트여 있다는 것은 큰 이점이다. 몬스터를 먼저 감지할 수 있다면 대응하기도 쉽다.

이렇게 해서 무사히 생존한 메이플 일행 16명은 마지막 몬스터 강화 시간을 맞이했다. 시간은 1시간. 지금까지보다 상당히 짧은 시간은 플레이어들에게 안심보다 불안을 느끼게 했다. 분명 뭔가 있을 것이라고.

그리고 그 불안감은 적중했다.

이벤트 필드에서는 계속 늘어나는 몬스터에게서 도망치면서 어떻게든 남은 시간 동안 살아남으려 하는 플레이어들이 맵에 나오는 다른 플레이어 쪽으로 모여들어 집단을 형성하고 있었다. 혼자서는 생존하기 힘들어도 여러 명이라면 어떻게든 되는 경우가 많아진다. 그리고 이곳에도 원래 파티에서 떨어진 십여 명이 모여 있었다.

"어, 어떻게든 될 것 같네."

"그렇군. 이러면 버틸 수 있을 것 같아."

"하지만 몬스터 강화 시간이 온다고."

"괜찮아, 여기 있는 플레이어 숫자면 어느 정도의 몬스터는 물리칠 수 있어."

그리고 이 틈에 숨어들 수 있는 동굴을 찾은 사람들도 있어서 어떻게든 될 것 같다는 공기가 모두에게 감돌았다. 그러나 그 생각은 몬스터 강화 시간 개시와 함께 산산이 부서졌다.

멀리 보이는 몬스터는 이전과는 전혀 다른, 도저히 해치울 수 없을 것만 같은 존재. 여기 있는 사람들이 생각한 '물리칠 수 있을 정도의 몬스터'에서 크게 벗어난 것이었다.

"도망치자, 도망칠 수밖에 없어!"

"그래, 어딘가 동굴 안으로!"

"그래, 저놈이 못 들어올 곳에 숨는 거야! 해치우진 못해도 살아남으면 이기는 거야!"

그렇게 말하며 전투를 포기하고 전원이 달려간다. 주위에서 무리를 지은 몬스터는 귀여울 정도다. 싸울 수 있을 상대인지 아닌지를 구별하는 것은 아주 중요해서, 여기 있는 사람들은 나타난 몬스터와 싸우기를 빠르게 포기했다.

"위험한 괴물 몬스터는 위험한 괴물 플레이어한테 맡겨!"

"저거한테 갈 것 같진 않은데!"

"어, 어떨까? 그 사람들도 좀 그렇잖아?"

예선에서도 몇몇 곳에서 구역 일대를 엉망진창으로 만드는 공격을 했던 것을 떠올리면서, 몬스터에는 몬스터로 대처해야 한다며 그 자리를 벗어났다.

◆ □ ◆ □ ◆ □ ◆ □ ◆

강화 시간에 들어간 순간에 맵 여기저기에서 보라색 불꽃이 하늘을 향해 솟구쳐 올랐다. 사리는 곧바로 맵을 확인하고, 그것이 특수 몬스터가 있는 위치와 완전히 일치한다는 것을 알아차렸다.

그 숫자는 수십에 달하고 장소도 뿔뿔이 흩어져 있다. 그 불꽃이 한 점에 모여들어 거대한 차원문을 만들더니 거기서 메이플 일행과 구면인 몬스터가 나타났다.

"사리! 저건 우리가 잡은 거랑 비슷하지 않아!?"

"크기는 비교가 안 되지만!"

팔이 여러 개 달리고 날개에서 불꽃을 뿌리는 그것은 2일째 밤에 공략한, 고치에서 태어난 보스와 아주 비슷했다. 다른 점은 완전히 완성된 것처럼 굵직해진 팔다리. 그리고 산 정상에서도 불꽃을 두른 그 모습이 보일 정도로 압도적인 몸집이다.

"50…… 아니, 100미터는 되나?"

"원래 것보다 좀 셀 것 같아졌는데~?"

미이와 프레데리카도 차원이 달라진 그 모습에 반응했다. 그것은 몸이 차원문에서 완전히 빠져나오자 팔을 크게 벌리고 공기가 찌릿찌릿 떨릴 듯한 포효를 질렀다. 동시에 그 거대한 몸뚱이가 보라색 불꽃에 휩싸이더니 모습이 변했다.

"뭔가 와…… 앗, 위!"

"으엑, 뭐야 저게!?"

별 하나 없는 하늘에서 거대한 보라색 화염구가 유성군처럼 쏟아지는 것이 보였다.

플레이어가 있는 장소에 떨어지는 것인지 산 정상을 향해서도 떨어진다.

"메이플!"

"앗, 응!"

저것이 2일째에 만난 보스와 같다면 메이플의 방어로 무효화할 수 없는 대미지가 발생한다. 두 사람의 의사소통은 완벽해서, 메이플은 곧바로 사리의 생각을 이해하고 장비를 바꿨다.

"【힐】!"

사리의 회복을 받고 대천사 장비를 걸친 메이플이 다가오는 화염구를 똑바로 바라본다.

"【이지스】!"

화염구가 직격하기 직전에 전개된 빛의 돔이 대미지를 완전히 무효화하고 쏟아져 내리는 화염구의 비에서 메이플 일행을 지켜낸다.

"어스! 【대지 제어】!"

그러고도 불타는 지면은 【이지스】 효과가 끊기기 전에 드라그가 처리했다. 타오르는 바뀐 지면을 원래대로 되돌림으로써 불꽃은 전부 무력화되었다.

"나이스, 메이플!"

"응! 하지만……."

곧바로 다음 공격이 날아오면 같은 방법을 쓸 수 없다. 산 정상에서는 불꽃의 비가 아래로 보이는 필드를 불태우고 있는 것이 잘 보였다. 지금 공격만으로도 상당수의 플레이어가 맵에서 사라졌다는 것을 알 수 있었다. 그리고 난감하게도 특수 몬스터에게서 또다시 불꽃 기둥이 치솟더니 플레이어를 찾아 쿵쿵대며 걸어 다니는 거대한 악마에게 불꽃이 충전되어 간다.

"페인, 메이플. 이대로 한 시간은 못 버틴다. 위험을 무릅쓰고 특수 몬스터를 사냥하러 가야 한다."

"으, 응, 그러네!"

"그뿐만이 아니다. 아마도 이 한 시간 동안 도망치기만 해서는 생존하기 어렵게 만들었을 거다. 저 거대한 몬스터를 격파할 필요가 있겠지."

거대 악마에게는 HP 게이지 표시가 있어서 예전 제2회 이벤트에서 메이플을 졸졸 쫓아다녔던 달팽이와는 다르게 해치울 수 있는 몬스터임을 알려주고 있었다.

"가능성은 있나. 어찌되었든 우선은 빠르게 필드를 돌아서 특수 몬스터를 다 해치울 수밖에 없다. 마르크스, 미저리, 신!"

미이가 세 사람을 불러 이그니스에 올라탔다. 똑같이 페인도 동료를 모아 레이에 올라탔다. 뭉쳐 있다간 각 플레이어를 겨냥해 떨어져 내리는 화염구에 한꺼번에 불탈 수 있어서, 여기서 일단 쪼개져 대량으로 있는 특수 몬스터를 잡으러 가기로 했다.

　"우리도 간다. 기동력이 뛰어난 자가 빨리 해치우는 것이 최선이다."

　"살아서 다시 저 거대 악마 앞에서 만나도록 하지!"

　그리하여 여덟 명은 나뉘어서 몬스터를 격파하러 향했다. 메이플 일행도 할 일을 해야만 한다.

　"어, 어떡하지, 사리?"

　"우리 이동 속도로 몬스터 천지인 지상에서 잡고 다니긴 힘들어. 하지만 시럽은 속도가 너무 느려……. 그렇다면 저 거대 보스가 다른 플레이어를 해치우지 못하게 하는 거야."

　불꽃이 떨어질 때마다 플레이어 숫자가 줄어든다. 그러면 특수 몬스터 격파가 늦어진다. 그렇다면 보스를 경직시키거나 하여 조금이라도 불꽃을 늦추는 것도 유효하다.

　"우리는 돌아다니는 것보다 보스전을 더 잘하니까."

　"그래, 좋지 않을까. 저걸 해치워서 좋은 것만 챙기는 것도."

　"도망쳐도 소용없다면 차라리 온 힘을 다해서 맞서는 것도 한 방법인가."

　기왕 할 거라면 온 힘을 다해서. 메이플은 고개를 한 번 힘차

게 끄덕이고, 모두와 함께 시럽에 타고서 거대 악마에게로 날아갔다.

  가까이서 보니 그 악마는 무시무시하게 커서, 조심하지 않으면 걷기만 해도 이동에 휘말려 죽을 듯한 수준이었다. 메이플은 악마와 조금 떨어진 위치에 시럽을 내리고 이번에는 카스미가 불러낸 하쿠에 타서 접근했다.

  "그럼, 작전대로 해 보자!"

  "응, 위험하면 빠지기로 하고."

  "그럼 츠우, 시작하자."

  "【포학】!"

  """【환영세계】!"""

  메이플의 몸이 악마의 몸이 되고, 그것을 다시 오보로, 카나데, 소우가 각각 세 개씩 분신을 만든다. 그리하여 제4회 이벤트 때는 일곱이었던 메이플이 본체를 포함해 열 명이 되어 각각 달려가고. 보스의 발밑에서 발톱을 세우더니 그대로 몸통을 기어오른다.

  "메이플! 불꽃은 조심해!"

  "응!"

  사리가 하는 말을 들은 메이플은 불타고 있는 부분을 잘 피하고, 분신과 함께 몸을 찢어놓으며 머리를 목표로 올라간다.

"아코코! 위험, 위험."

거대한 악마가 발밑의 플레이어들을 공격하고 있는 와중에 메이플이 악마의 온몸에 상처를 낸다. 하지만 역시나 덩치가 큰 만큼 HP 게이지는 아주 조금씩밖에 감소하지 않았다.

분신은 3분밖에 유지되지 않으니 우선은 여기서 HP를 최대한 많이 깎을 셈이다.

그러고 있자 악마가 메이플의 존재를 인식하고, 메이플의 발밑이 보라색으로 발광하더니 불꽃이 뿜어져 나왔다.

"읏!? 역시 대미지가……."

분신도 불꽃에 탔다. 하지만 그것만으로는 아직 【포학】이 풀리지는 않았다.

"팍팍 해버려야지!"

지금도 페인과 미이 일행이 거대 악마의 약체화를 위해 애쓰고 있으니까, 자신들은 공격을 유도해야 한다. 실제로 거대 악마의 걸음이 멈추고, 커다란 팔도 다른 【단풍나무】 멤버들을 노리고 있는 듯했다.

"모두, 힘내!"

또다시 새로운 상처를 내면서 메이플은 다른 일곱 명을 생각했다.

메이플은 일단 날뛰게 하고, 남은 멤버들은 세 명과 네 명으로 나뉘어 공격을 개시했다.

　실수로 낙사하는 것을 방지하기 위해 마이와 유이는 지상에서 다리를 공격하게 되었다. 그리고 그런 두 사람을 지키는 것은 크롬이었다.

　"방어는 내게 맡겨! 지금은 발도 멈췄어, 날려 버려!"

　""넵!""

　두 사람은 도핑 시드를 쓰고 츠키미와 유키미에 타서 돌격하여 그대로 대형망치를 치켜 올렸다.

　""【더블 스트라이크】!""

　메이플의 공격과 비교도 안 되는 대미지가 들어가고 무시무시한 대미지 이펙트가 터진다.

　""【더블 임팩트】!""

　두 자루의 대형망치와 최고 클래스 공격력이 끌어낸 대미지는 어마어마해서, 원래라면 살아남은 플레이어가 몇 명이나 모여야 겨우 낼 수 있는 대미지를 일격마다 가한다. 공격에 전념할 수 있다면 그 공격은 더욱 강력해진다.

　하지만 그것을 허락해 줄 리도 없어서, 당연하게도 악마가 두 사람을 쉽게 후려칠 수 있는 크기의 팔 하나를 휘두른다.

　"【멀티 커버】, 【헤비 보디】!"

　""크롬 씨!""

　거대한 몸에서 오는 넉백을 경계한 크롬은 스킬을 써서 큰 팔을 탄탄하게 받아내고 방패로 흘렸다. 불꽃을 휘감은 팔이 크롬을 불태우지만, 크롬은 경이로운 회복력으로 잇달아 떨어지는 팔의 공격에 버티며 생존해 나간다.

"하하, 평소엔 메이플이 하니까. 가끔은 나도 지키자고!"

""고맙습니다!""

그리고 다시 대형망치가 몇 번이고 강하게 휘둘리고 지금까지보다 더 큰 굉음이 울려 퍼진다. 그러자 한쪽 발이 상처투성이로 바뀌면서 악마가 한쪽 무릎을 털썩 꿇는다.

"그렇군……! 참 잘했어. 통하고 있어!"

그렇다면 다음은 반대쪽 발이다. 크롬이 츠키미를 얻어 타고 셋이서 다른 한쪽 발을 파괴하기 위해 달려갔다.

크롬 일행과 떨어진 사리 일행은 하쿠의 머리에 타고서 하쿠가 몸 주위를 칭칭 감아 발판이 되었을 때 베기 공격을 날렸다.

"【무사의 팔】! 【제4의 검 · 선풍】!"

"【퀸터플 슬래시】!"

카스미와 사리가 공격하고 마이의 모습을 한 소우가 더욱 대미지를 가속시킨다.

카나데와 이즈는 공격에 대응해 뿜어져 나오는 보라색 불꽃을 각각 마법으로 방어하고 아이템으로 회복하며 전원을 보호한다.

"등 쪽은 공격하기 쉽다. 팔이 닿지 않는 곳에서 싸우자!"

"그러네. 근데 그렇게까지 만만하진 않은 것 같아!"

사리가 위를 보자 본 적이 있는 보라색 마법진이 전개되더니 직후 일행에게 대량의 불꽃이 쏟아졌다.

"【화염의 신체】! 【수호의 빛】!"

카나데가 쓴 마법이 불덩어리보다 빠르게 테이밍 몬스터를 포함한 전원을 붉은 불꽃으로 감싼다. 화염 속성에 강한 내성을 얻을 수 있지만, 이렇게 해도 사리는 살릴 수 없다. 그래서 사리에게는 대미지 무효 마법을 써서 전원을 생존시켰다.

"살았다! 고맙다, 카나데!"

"괜찮아, 아직 대처할 수 있어."

"회복은 나한테 맡겨. 공격을 부탁해!"

그리고 공격하는데 악마의 자세가 무너졌다. 마이와 유이의 공격이 한쪽 무릎을 꿇게 했기 때문이었다.

사리는 상처가 난 악마의 발을 보고 이 몬스터에게 대처하는 방법을 얼추 깨달았다.

"카스미! 난 위로 갈게! 날개를 다치면 불꽃도 멎을 거야!"

"그래, 알았다!"

사리는 공중에 발판을 만들고 【물의 길】로 단숨에 악마의 등 부근까지 헤엄쳐 갔다. 그러자 그곳에는 등에 【악식】을 발동하면서 총탄을 쏘는 메이플이 있었다.

"메이플! 벌써 돌아왔구나."

"아, 사리! 이쪽으로 왔네!"

메이플도 날개를 공격하러 간다고 말하는 사리와 함께 가기로 했다.

　"【헌신의 자애】!"

　"괜찮아?"

　"응, 사리를 지켜준다고 했잖아!"

　그렇다면 대미지를 받지 않는 동안 해치워 버리겠다고, 사리는 마음을 단단히 먹고 메이플과 함께 날개 쪽으로 갔다.

　"발판을 만들게! 영, 차, 이거면!"

　메이플이 【구원의 손】으로 공중에 방패를 띄우고 날개 주위에 배치한다. 사리라면 이걸 발판으로 삼아 능숙하게 싸울 수 있기 때문이다.

　"그럼 간다!"

　"응!"

　메이플의 사격에 맞춰 사리가 날갯죽지에서 앞쪽을 향해 물의 길로 지나가며 벤다. 그것을 좇듯 불꽃이 터져 나오지만, 사리의 속도를 따라잡진 못한다. 날개 주위에 뻗은 물기둥을 헤엄쳐 다니면서 몸을 회전시켜 연이어 날개를 벤다. 두 날개를 둘이서 공격해 어떻게든 날개를 파괴하려 한다.

　그러나 그때 지금까지와는 확연히 다른 징후가 보이더니 몬스터의 몸 전체가 보라색 빛을 발하기 시작했다.

　"사리! 이쪽!"

　사리가 공중의 방패를 경유해 메이플 쪽으로 뛰어들고 메이플은 곧장 시럽을 소환해 공중에 떴다. 그 직후 악마의 전신이 발화하고 두 사람은 아슬아슬하게 그 불꽃을 피했다. 하지만 이제부터가 진짜라는 것은 두 사람도 알고 있었다. 이 뒤에 하늘에서 불덩어리가 쏟아지기 때문이다.

악마가 불꽃을 휘감으면서 포효를 지른다. 이펙트와 함께 다가오는 소리의 파도가 관통 대미지를 발생시켜 메이플은 시럽과 오보로, 사리가 받을 대미지를 한꺼번에 받게 되었다.

【이지스】를 또 써야 할지도 모른다고 생각한 메이플은 방패 말고는 최대 HP가 가장 많이 오르는 대천사 장비를 입고 있었지만, 그래도 HP가 깎여 【불굴의 수호자】가 발동했다. 발생원에서 너무나 가까워 회피하지 못하고 단숨에 HP가 위험 수위로 떨어진다. 두 사람에게는 예상 밖이었는지 언제나 냉정한 사리도 놀람을 감추지 못했다.

"우웃……!"

"【힐】! 메이플, 포션!"

사리가 황급히 메이플을 회복시키는 와중에 하늘에서는 불덩어리가 떨어진다.

피하기에는 너무 크고, 지금은 【이지스】도 없다. 오보로와 시럽에게 막게 한다거나, 아무튼 사리는 메이플이 죽지 않을 방법을 생각했다. 첫 번째 공격은 무력화했기 때문에 위력과 대미지 범위를 알 수 없어서 절대적인 방법은 없었다.

"【초가속】!"

"와왁!"

사리가 순식간에 메이플을 안고 달리는 와중에 뒤에서 불꽃의 빛이 다가오는 것이 느껴졌다.

대미지 필드를 메이플에게 직격시킬 수는 없기에, 사리가 노리는 것은 아슬아슬할 때까지 끌고 가서 메이플을 내던져 지면이 불타는 범위에서 벗어나게 하는 것이었다. 메이플만 지키면 사리는 스킬로 어떻게든 살아남을 가능성이 있다.

하지만 그 불리한 도박에 나서기 직전, 대미지를 주었던 양쪽 날개를 거센 불길과 하얀 빛이 꿰뚫어 파괴한다. 그랬더니 이번에는 불길과 빛이 그대로 이쪽으로 다가와 두 사람을 붙잡고 아슬아슬하게 공중으로 대피시켰다.

"페인 씨!"

"미이!"

"그래, 딱 좋은 타이밍이었군. 그런데 상당히 약화시켰구나. 여덟 명이서 했다고는 생각할 수 없어."

"이거라면 총공격으로 해치울 수 있을지도 모른다."

날아온 것은 레이에 탄 페인과 이그니스에 탄 미이였다.

두 사람은 특수 몬스터 격파를 길드 멤버들에게 맡기고 이쪽으로 날아온 것이다. 이 대형 몬스터가 체력을 줄여서 정기적으로 특수 몬스터를 만드는 바람에 특수 몬스터만 붙들고 있어도 소용없다는 사실을 깨달았기 때문이다. 두 사람은 몬스터가 뻗는 팔을 교묘하게 피하면서 비행하여 거리를 벌렸다.

"저 불꽃의 비를 빨리 멈추지 않으면 불리해질 뿐이다. 지금은 아직 남은 플레이어가 있지만, 숫자가 줄어들면 아마도 저걸 연사할 거다."

"빈틈이 생기는 대로 우리가 머리를 노리자. 너희도 준비해 다오."

머리를 노리러 가면 지금도 휘둘리고 있는 굵은 팔과 마법진에서 쏘아대는 불꽃이 네 사람을 노리게 될 것이다. 하지만 어떻게든 그 공격을 빠져나가지 않으면 큰 대미지도 기대할 수 없다.

메이플도 공격에 대비해 장비를 변경하고, 병기를 전개하고, 시럽에게도【정령포】를 준비시켰다.

한동안 계속 회피하자 다시 HP가 쭉 감소하더니, 한쪽 다리를 질질 끄는 상태였던 악마가 다른 쪽 다리에서도 힘을 잃고 고꾸라져 몇 개나 되는 팔로 몸을 받친다. 그리고 다시 불꽃이 충전되어 가다가, 아슬아슬하게 특수 몬스터들이 공급하던 불꽃이 정지했다. 흩어져 있던 드레드와 다른 멤버들이 세 번째 불꽃의 비가 내리기 직전에 특수 몬스터를 전부 사냥한 것이다.

찾아온 기회를 놓치지 않고 네 사람이 단숨에 접근한다. 날아오는 불꽃을 빠져나가고, 계속해서 뻗어대는 팔을 피하고, 얼굴 없는 머리에 바싹 접근했을 때 각자가 단숨에 큰 기술을 날린다.

"【성룡의 광검】!"

"【살육의 호염】!"

머리 옆을 스쳐 지나며 페인과 미이가 어마어마한 대미지를 준다. 그 직전에 레이에게서 뛰어내린 사리는 스킬로 공중을 박차고 정면으로 다가가 커다랗게 벌린 아가리를 위로 피하고 머리를 사정권에 포착했다.

"【퀸터플 슬래시】!"

푸른 오라를 두른 사리의 연속 공격이 보스의 머리를 깊이 벤다. 그리고 이그니스에서 뛰어내린 메이플은 시럽에 옮겨 타고 그대로 무기를 겨누었다. 이 타이밍이라면 다른 사람을 끌어들이지 않고 전부 쏠 수 있다.

"【공격 개시】, 【히드라】, 【흘러나오는 혼돈】! 시럽, 【정령포】!"

미이의 공격으로 불타고 페인의 공격에 정화당해 대미지 이펙트가 팔랑팔랑 흩어지는 와중에 사리의 연타에 추격타까지 맞은 것이다.

그때 쏟아지는 대량의 총탄과 독, 레이저. 그리고 마지막으로 메이플이 방패를 들고 등에 달린 병기를 폭발시켰다.

"간다……!"

아가리를 쩍 벌리고 메이플을 씹어 으깨려 하던 악마의 입구멍으로, 메이플도 모든 것을 집어삼키는 방패를 들고 돌격한다. 메이플은 날카로운 이빨에 직격하더니, 이를 전부 집어삼키고서 그대로 목구멍 안쪽을 통과해 대량의 대미지 이펙트와 함께 등 쪽으로 굴러 나왔다.

연속 공격을 끝낸 사리가 때맞게 메이플을 발견해 안고서 실과 발판을 사용해 그 자리를 벗어난다.

"어, 어떻게 됐어!?"

"나이스, 메이플. 봐봐."

메이플이 악마를 보자 HP 게이지가 0이 되면서 보라색 불꽃이 서서히 잦아들더니 거대한 몸뚱이가 빛이 되어 사라졌다. 그와 동시에 어둑어둑했던 필드가 원래 하늘을 되찾았다. 그리고 득실거리던 악마형 몬스터도 전부 사라졌다.

그리고 뜻밖에도, 악마를 격파하고 메달을 얻었다.

"사리! 메달이야, 메달! 그것도 세 개!"

"하하하……. 뭐, 세 개면 손해인 것 같지만. 잘됐어."

그렇게 말하는 두 사람에게 【단풍나무】의 나머지 멤버 여섯 명이 다가온다. 그들도 무사했는지, 소모는 컸지만 위협이 사라져서 안심한 낌새다.

"야호, 모두−! 다행이야−."

메이플이 여섯 명과 합류했을 때 버저가 울리고, 3일째 종료를 알렸다.

메이플 일행은 무사히 3일 생존하는 데 성공하고, 다시 원래 필드로 돌아갔다.

이벤트가 끝나고, 메이플과 사리는 메달을 어떻게 쓸지 생각하면서 길드 홈에서 느긋하게 지내고 있었다.

"후, 잘 끝나서 다행이야!"

"그러게. 다른 길드랑 공동전선을 펼친 것도 결과적으로 제일 좋은 형태로 끝났으니까. 제4회 이벤트 뒤에 메이플이 친구가 되고 나서 조금씩 같이 놀았던 게 잘 먹힌 걸지도."

"응, 근데 깜짝 놀랐어. 그렇게 큰 몬스터도 나오는구나."

"뭐, 나오기도 하지. 다른 게임에는 더 초반부터 여럿이서 같이 안 싸우면 어떻게 할 수 없는 거대 보스도 있어."

"헤에, 힘들겠다……. 하지만 모두랑 협력하는 건 즐거운 것 같아!"

"그런 보스가 나오면 메이플은 활약할 수 있겠지. 뭐니 뭐니해도 범위 커버가 되니까."

"에헤헤. 아, 하지만 다른 사람들이 있는 데까지 갈 때 못 따라잡을지도 몰라."

"병기로 폭파 비행하는 게 힘들면 내가 업고 갈게."

"응, 사리는 참 든든해!"

"후후후. 천만에 말씀."

메이플과 사리는 이번 이벤트에서 스킬 교환 등에 필요한 메달을 열 개 넘게 챙겼다. 이걸로 또 성장을 기대할 수 있다.

"이제 또 스킬을 입수할 수 있으니까 다음 이벤트에도 도움이 될 수 있으려나."

"다음 이벤트까지 얼마나 남았어?"

"음…… 글쎄? 몇 달? 8층이 먼저 들어올지도 몰라."

"그렇구나. 그럼 있지. 사리, 하고 싶은 게 있는데 괜찮아?"

"응? 좋아, 뭔데?"

"한동안 싸우는 이벤트만 했으니까 또 어딘가 느긋하게 탐색하고 싶어서."

"좋은데. 지금까지 나온 층도 전부 탐색한 건 아니니까."

각 층이 모두 광대하니 숨겨진 이벤트나 관광 명소로 불리는 지역이 아직 여럿 남았을 것이다. 이벤트나 대전도 중요하지만, 이런 것도 즐거움의 하나라 할 수 있었다.

사리는 고개를 끄덕이고 한동안 메이플과 각 층을 구경하러 다니기로 했다.

그리하여 이벤트는 끝나고, 다시 느긋한 시간이 돌아왔다.

이벤트를 마친 운영진은 결과를 반성하고 있었다.

"어라, 어라? 저 녀석 그냥 죽었는데?"

"그러네요……. 어, HP를 잘못 계산했네요. 너무 높아도 안되겠거니 했는데."

맵 전체에 초강력 공격을 하는 등 상당히 살기등등한 몬스터. 그 거대한 몸을 보면 함부로 건드릴 생각이 들지 않을 것이라고, 그렇다면 플레이어가 불꽃의 비 속에서 도망쳐 다닐 것이라고 예상했었다. 하지만 HP가 있다는 말은 죽일 수 있다는 뜻이다. 게다가 플레이어가 온 힘을 다해 돌격했을 때는 덩치가 방해되어서 세세하게 공격할 수 없었다.

"다음에 대형 몬스터를 낼 때는 다시 생각해 볼까요……."

"그래야지……. 공격력은 좀 내리고, HP도 생각해 보고."

그리하여 이벤트가 끝난 뒤에도 운영진의 시행착오는 계속되었다.

단편 모음

메이플과 사리가 NWO를 시작하고 얼마 안 됐을 무렵의 이야기

◆ 방어 특화와 보스 예상. ◆

메이플과 사리는 둘이서 보스를 잡으려고 던전을 향해 걷고 있었다.

"그나저나 어떤 보스가 있을까? 메이플은 어떤 보스일 것 같아?"

"음…… 드래곤? 은 다른 데 있었고……. 난 게임을 별로 안 해 봐서 예상을 못 하겠어."

"하긴 그런가. 그럼 앞으로는 조금이라도 더 많이 다양한 걸 보자."

"그치! 그거 좋아! 그렇게 해서 둘이서 어떤 몬스터든 해치워 버리자!"

메이플이 팔을 확 벌리고 밝게 웃으며 제안했다.

사리는 그 모습을 보고 후훗 하고 웃었다.

"그거 좋은데. 방심만 안 하면 메이플은 안 질걸? 아니……

방심해도 괜찮겠네."

"무슨 말이야……? 우왓!?"

뒤에서 점프한 슬라임의 돌격이 제대로 맞는 바람에 메이플의 자세가 무너진다.

하지만 놀라기만 하고, 실제로는 대미지는 전혀 없다.

"이얍! 좋아, 해치웠다. 괜찮아? 메이플."

"으, 응. 조금 놀랐을 뿐이야."

"역시 방심해도 잘 넘어가겠는걸. 도중에 우글거리는 잡몹 상대면 대미지는 없을 것 같으니까."

"하지만 갑자기 부딪치면 가슴이 철렁하니까…… 확인하면서 가야지!"

메이플이 두리번두리번 주위를 둘러본다.

"뭐, 확인하면서 가는 건 좋다고 봐. 대처하기도 쉬워지고."

"관찰안이지, 관찰안!"

"그, 그런가? 그럼 보스를 상대할 때도 관찰안을 발휘해서 힘내."

"오케이! 눈 크게 뜨고 약점을 찾을 거야."

메이플이 눈을 부릅뜨더니 깜빡깜빡 한다.

사리는 그런 메이플을 보고 기쁜 듯했다.

"즐거워 보여서 다행이야."

"응! 즐거워. 같이 하자고 해 줘서 기뻐."

"그렇게 말해 줘서 고마워. 이번에도 억지로 끌고 온 감이 있었잖아.”

“사리는 게임 하자고 말할 때만 억지를 쓰니까 말이야.”

“뭐어… 그래도! 혼자서 하는 것보다 둘이서 하는 게임이 더 재밌잖아, 안 그래?”

“그야 그렇지만……. 좋아. 이번에는 그렇게 넘어가 줄게.”

“아하하…… 고마워.”

“에헤헤…… 괜찮아. 진짜 즐거우니까!”

그리고 두 사람은 때로는 몬스터를 쫓아 버리고, 때로는 서둘러 필드를 달려 나간다. 화제가 끊이지 않아 대화가 멎는 일이 없었다.

“사리, 얼마나 더 가면 보스가 있는 던전에 도착해?”

“이제 4분의 1 정도? 곧 도착하니까 마음 단단히 먹어 둬.”

“오케이! 그러고 보니 어떤 보스인지 예상하다가 말았네.”

“아, 그런 얘길 했었지! 흐음, 그럼 나는 무난하게 커다란 고블린 정도로 해 둘까.”

“그럼 나는 머리가 셋이고 팔이 여섯 개 달린 곰으로 할래!”

“에엑…… 좀 더 무난하게 안 가고?”

“대박을 노려보자니까?”

아무튼 두 사람은 그 후로도 순조롭게 걸음을 옮겨 목적한 던전에 도착할 수 있었다.

두 사람의 예상은 안에서 기다리는 보스 몬스터를 직접 본 다음에야 결과가 나왔다.

◆방어 특화와 소재 모으기.◆

　메이플과 사리는 메이플의 새 장비를 만들 소재를 모으고 있었다.

　조금 전까지 둘로 나뉘어 숲속을 뛰어다니며 각자 필요한 소재를 주는 몬스터를 해치우고 있었다.

　그리고 어느 정도 소재를 모은 다음 둘이서 이야기한다.

　"어때? 메이플. 이 정도면 충분할 것 같아?"

　"음…… 어떠려나? 난 장비를 새로 만든 적이 없어서 필요한 양을 잘 몰라."

　"그것도 그런가. 그럼 조금이라도 더 많이 모으자. 보유한 소재가 너무 많아서 곤란할 일은 거의 없을 것 같으니까."

　"그런 거야?"

　"뭐, 이것만 가지고 인벤토리를 다 쓸 일은 절대로 없을 테고, 언젠가 또 쓸 일이 생길지도 모르니까."

　"그렇구나. 아, 그리고 팔아도 돼! 난 돈이 별로 없으니까."

　"그것도 괜찮겠는걸. 그럼 그걸 생각해서 메이플이 소재를 좀 더 모을지 이걸로 됐는지 정해 줄래?"

　메이플은 사리의 말을 듣고 잠시 생각하더니 결론을 냈다.

　"그럼 조금만 더 도와줘!"

　"응, 알았어. 그래. 기왕이면 더 좋은 걸 만들고 싶으니까."

"응!"

"오케이. 그럼 소재를 더 모으자. 나도 여기에 회피 연습이 되는 몬스터가 많아서 기술을 연마할 수 있으니까 괜찮아."

"사리는 대단하네. 난 여기 몬스터의 움직임은 하나도 모르겠어."

"뭐, 아무리 나라도 메이플의 스테이터스로 피하려면 힘들겠지만. 메이플도 익숙해지면 다음 동작 같은 건 예상할 수 있게 될 거야."

"진짜? 나도 할 수 있게 될까……."

메이플은 통통 스텝을 밟으며 좌우로 작게 회피 동작을 취해 보였다.

손에 든 방패와 장비가 흔들린다.

"또 연습해 봐. 그 방패로 막는 것도 잘하게 될 거야……. 나도 할 수 있는 만큼 가르쳐 줄 테니까."

"응, 해 볼게!"

"그럼 갈까. 소재를 더 모을 거지?"

"응. 가자! 나도 한 마리라도 더 잡을 수 있게 힘낼게!"

메이플은 그렇게 말하고 손에 든 방패를 쑥 내밀고 공격하는 동작을 보였다.

메이플의 공격 방법 중, 실드 배시는 필요한 소재를 떨구는 몬스터에게 잘 통했다.

"어느 정도 표적을 정하면 맞을 것 같으니까, 대충 몬스터를 중심으로 조준하면 잘될 거야."

"알았어! 그런 느낌으로 해 볼게!"

"좋아, 수풀을 헤치고 몬스터를 찾을까."

"있으려나, 있으려나–?"

두 사람은 수풀을 헤치고 타깃 몬스터의 작은 몸을 찾는다.

"메이플–! 찾으면 말해."

"사리도 찾으면 알려줘–!"

두 사람은 서로 말을 걸면서 때때로 잡담에 가까운 대화를 나누며 수색을 이어나갔다.

간간이 습격하는 다른 잡몹은 두 사람의 적수가 못 되어서 소재 모으기는 순조롭게 진행되다가 이윽고 끝을 맞이했다.

"와, 사리 고마워!"

"별말씀을. 후훗."

두 사람은 충분한 성과를 내고 마을로 돌아갔다.

◆ 방어 특화와 관광 도중. ◆

메이플과 사리는 첫 마을에서 휴식을 취했다.

그리고 몸에 주는 영향을 생각할 필요가 없어서 디저트를 먹을 수 있는 만큼 실컷 먹기도 했다.

그리고 다음은 관광을 하자며 필드로 뛰쳐나갔다.

"역시 빨라–!"

"뭐, 메이플에 비하면 그렇지."

메이플은 사리에게 업혀서 이동하고 있었다.

메이플은 걸음이 너무 느려서 이렇게 하지 않으면 관광에 쓸 시간이 안 남는다.

"바람이 기분 좋아ㅡ!"

"다행이다. 하지만, 그래. 언제까지나 이렇게 이동하는 것도 고생이니까 뭔가 이동 수단을 생각해야겠어."

"쓸 수 있는 게 뭐가 있었지?"

"지금은 이동에 쓸 만한 건 발견되지 않았어⋯⋯. 뭔가 추가되길 기다리는 느낌이야."

"나도 계속 이렇게 업혀 다니는 건 미안하니까, 어떻게 좀 하고 싶은데⋯⋯."

메이플이 눈을 감고 웅웅웅 소리를 내며 생각하다가 하나 떠오른 생각을 말했다.

"생산직 사람한테 부탁하면 뭔가 할 수 있지 않으려나?"

"글쎄? 지금도 리어카 같은 건 있는 모양이지만, 일부 한정 아이템 같고⋯⋯. 아직 그런 것밖에 못 만드는 거 아닐까?"

"그런가⋯⋯ 유감이네."

"그리고⋯⋯ 그래. 만약 자전거 같은 걸 만들 수 있으면 메이플이랑 비슷하게 이동 속도가 느린 사람은 모두 그걸 쓸 테고 말이야. 아직 그렇지가 않으니까 힘들지도 몰라."

사리의 말에 메이플은 납득한 듯이 고개를 끄덕였다.

"아, 확실히 그래. 나라도 자전거가 있으면 무조건 쓸걸. 사리 말대로네."

"뭐, 지금은 신경 안 써도 돼. 내 감이지만, 이동 수단은 추가되는 법이니까."

"그럼 찾는 대로 그걸 쓰자!"

"뭐, 제대로 탈 수 있을지 어떨지는 모르겠지만."

"어? 무슨 뜻이야……?"

"예를 들어…… 방어력 말고 다른 스테이터스가 필요하다거나. 메이플은 방어력 말고는 스테이터스를 안 찍을 거잖아?"

"으…… 그런가. 그럴 수도 있구나. 우……. 하지만, 하지만 역시."

메이플은 방어력 이외의 것을 올릴 마음이 거의 없다. 처음에는 단순히 공격을 받았을 때 아프지 않게 하려는 생각이었는데, 점차 방어력만 올리는 즐거움도 섞이기 시작한 것이다.

"억지로 방침을 바꾸려고 하지 않아도 괜찮아. 난 메이플이 즐겁길 바라니까, 이동을 돕는 것쯤이야…… 안 그래? 메이플은 보스를 상대할 때 힘내 주기도 하니까……. 적재적소라는 거지."

"고마워, 그래도 뭔가 이동 수단은 찾아볼게!"

"그건 그것대로 괜찮지. 항상 내가 같이 있을 수도 없으니까. 하지만 느긋하게 해도 돼."

"응! 내 걸음에 맞춰서 말이지."

"그래그래. 아, 슬슬 목적지가 가까워졌나?"

"벌써? 역시 빠르다-!"

"후훗, 뭐 그렇지."

두 사람은 필드를 달려간다.

때때로 나타나는 몬스터는 마법과 스킬로 전부 날려 버린다.

두 사람의 평화로운 발걸음을 막을 수 있는 몬스터는 없어서, 목적지를 향해 일직선으로 나아간다.

"예쁜 풍경이 기다리고 있으니까 기대해, 메이플."

"알았어! 기대할게."

"그러면 막판 힘내기!"

"오-!"

아직 보지 못한 풍경을 상상하며, 사리는 조금 속도를 올렸다.

제2회 이벤트 무렵의 이야기

◆ 방어 특화와 이벤트 전. ◆

제2회 이벤트 당일, 메이플과 사리는 마을 벤치에 앉아 운영의 공지를 기다리고 있었다.

"이제 곧이네. 메이플은 두 번째 이벤트 참가지?"

"맞아. 지난번엔 뭐가 뭔지 모르는 사이에 우연히 엄청 잘된 것 같지만…… 이번에도 잘될까."

"글쎄? 메이플이 참가한 이벤트랑은 타입이 다른 이벤트 같은데……. 하지만 뭐, 모르는 채로 이것저것 하는 것도 나름대로 재미있어."

"확실히 그럴지도 몰라! 게다가 이번엔 사리도 있고."

"곤란할 땐 의지해도 돼. 뭐든 해결할 수 있는 건 아니지만."

그렇게 말한 사리가 메이플에게 자신만만한 표정을 보인다.

"후후후…… 잘 부탁합니다."

"나야말로. 내가 피하기 어려운 공격에서 지켜주면 좋겠어."

"물론! 확실하게 지켜줄게!"

"든든한걸. 뭐, 아까도 말했지만 어떤 곳에서 어떤 걸 할지 확실하게 모르니까…… 그런 상황에 메이플의 방어력은 도움이 될 거야.”

“……?”

메이플은 무슨 뜻인지 잘 모르겠다는 듯 고개를 기울인다.

“봐봐, 갑자기 기습을 받아도 메이플은 괜찮잖아? 예상 밖의 일이 일어나도 살아남을 수 있다는 건 강점이지.”

“오, 그런가. 그렇구나! 응, 그럼 힘내서 사리도 지켜줄게.”

그리고 두 사람이 이야기하는 동안에 이벤트 개시 시각이 다가왔다. 마을을 걸으며 마지막 준비를 하는 듯한 플레이어도 늘어나 마을이 보다 활기에 넘친다.

“사람이 늘어났네.”

“그러네. 여기 말고도 잔뜩 있을까?”

“뭐, 있겠지. 굳이 이 마을에서 기다려야 한다는 법도 없고…… 응.”

사리는 기지개를 쭉 켜고 심호흡을 한 번 했다.

“좋아. 오늘도 제대로 집중할 수 있을 것 같아.”

“나도 기합을 넣고 집중해야겠다.”

“후훗, 메이플은 자연스럽게 해도 돼. 그게 더 움직이기 편하잖아? 지금까지도 그랬고. 하고 싶은 일을 하고 싶은 대로, 힘껏 즐겨.”

“……! 응, 그럴게!”

“내가 할 수 있는 만큼 커버할 테니까, 역시 이벤트를 만끽하는 게 우선이지.”

사리의 조언을 들은 메이플은 코앞까지 닥친 이벤트, 거기서 일어날 이런저런 일들에 상상의 나래를 펼친다.

"응? 메이플, 이제 시작해. 공지를 잘 들어야 돼?"

"오케이, 후우…… 좋아! 간다…… ."

메이플은 천천히 숨을 내쉬고, 기대에 찬 눈빛으로 앞을 똑바로 보았다.

마을에 설치된 스피커에서 공지 방송이 흘러나와 마지막 설명을 한다.

두 사람은 설명을 잘 듣고, 출발 직전에 서로 얼굴을 흘긋 보았다.

"그럼, 갈까!"

"그래. 전력을 다하자."

두 사람은 각자 기대가 넘치는 웃음을 짓는다. 그리고 잠시 후 빛이 두 사람을 감싸더니 그 모습은 사라지고, 이벤트 전용 필드로 향했다.

◆ 방어 특화와 사막으로. ◆

메이플과 사리로 변신한 적 몬스터를 각각 해치우고 무사히 합류한 두 사람은 이야기를 나누며 숲속을 걷고 있었다.

"정말이지, 메이플도 무사해서 다행이야. 뭐…… 끝난 뒤에 이것저것 있었지만."

"그건 사리가 놀려서 그런 거거든."

메이플은 합류하고 나서 사리가 본인 확인을 위해 예방접종 때 메이플이 울음을 터뜨린 에피소드를 이야기한 걸 떠올리고 있었다. 메이플도 사리의 이런저런 이야기를 했으니 피차일반이다.

"뭐, 그치······. 응? 맞다. 메이플은 올해는 예방접종 해?"

사리가 조금 전 이야기를 이어서 메이플에게 묻는다.

그러자 메이플은 딱딱하게 굳어서 눈을 피했다.

"그건······ 뭐, 저기, 생각해 볼까."

시원찮게 말하는 메이플을 사리가 반쯤 어이없다는 듯이 빤히 보았다.

"왜, 왜?"

"안 갈 거지-?"

"············."

"작년에도 열이 나서 드러누웠으니까, 맞는 게 좋을 것 같은데······."

작년에 사리가 병문안 하러 집까지 갔을 때 메이플은 축 늘어져 침대에 누워 있었다.

그건 두 사람에게 매년 변하지 않는, 늘 똑같은 광경이었다.

"우우, 알지만······. 현실에서도 【VIT】에 스탯을 줄 수 있으면 좋을 텐데."

"그런 짓을 했다간 드릴로도 메이플을 찌를 수 없을 거야."

"그렇게까지 올인할 생각은…… 있을지도."

실제로 메이플의 게임 내 방어력이라면 드릴 따위는 몸으로 튕겨낼 것이 틀림없다.

검이든 창이든 도끼이든 해머든, 메이플을 때려도 소용없다.

메이플은 더욱 방어력을 올리려고 쭉쭉 노력하고 있었다.

"슬슬 강제로 끌려가는 거 아니야?"

"엑! 설마……."

그렇게 말한 메이플의 얼굴은 어떤 보스와 대면했을 때보다도 어두운 표정이었다.

"그런 일이 생긴다 해도 몇 개월 뒤겠지만."

"괜찮아……. 분명 올해도 똑같을 거야……."

그런 이야기를 하며 걸어가던 두 사람 앞에 지금까지와는 다른 풍경이 펼쳐진다.

바싹 마른 모래가 일대를 뒤덮은 거대한 사막이었다.

푸른 하늘 아래, 바람이 모래를 조금 날리며 지나간다.

"오-! 사막이다!"

"크다. 얼마나 넓을까."

"탐색하는 보람이 있지 않아?"

"그러네. 나도 그렇게 생각해."

두 사람은 나란히 기지개를 쭉 켜고 사막에 발을 들였다.

"모래언덕도 엄청 많네. 메이플, 경사가 있으니까 넘어지지 않게 조심해."

"응, 알았어. 괜찮…… 우왓!"

괜찮다고 채 말하기도 전에 발밑의 모래가 무너져 메이플이 주르륵 미끄러진다.

"잠까…… 왓!"

그리고 메이플은 눈앞에 있던 사리의 발을 뒤에서 차게 되어, 사리도 메이플과 겹쳐져 땅에 넘어졌다.

"아하하…… 미안."

"괜찮아. 아, 모래투성이야."

사리는 벌떡 일어나 옷에 묻은 모래를 털었다.

메이플도 사리가 내민 손을 잡으며 조심스럽게 일어나서 머리에 묻은 모래를 털어냈다.

"시작이 좀 한심하지만, 다시 사막 탐색을 시작하자."

"그러자! 응, 정신 바짝 차리고 가자―!"

두 사람은 눈앞의 드넓은 사막에 다시금 한 발을 내디뎠다.

◆ 방어 특화와 재출발. ◆

제2회 이벤트도 무사히 끝나고, 메이플과 사리는 각자 수확이 있었다.

다음 이벤트가 있을 때까지는 다시 평소처럼 필드에서 느긋하게 게임을 즐기게 된다.

두 사람은 이벤트가 시작되기 전과 똑같이 마을 벤치에 앉아

이야기를 나누고 있었다.

"재밌었어. 다양한 풍경이 있었고."

"정말 그래. 뭐, 우리는 제법 열심히 탐색한 것 같으니까 거의 다 돌지 않았을까?"

사리가 옆에 앉아있는 메이플 쪽을 보면서 말했다.

"어떨까? 엄청 넓었으니까. 그래도 만족할 때까지 돌아다닌 것 같아."

"당분간 탐색형 이벤트는 그만했으면 좋겠어……. 역시 피곤해."

"그치. 항상 몬스터를 경계해야 되고."

"메이플은 굳이 말하자면 경계하지 않아도 될걸?"

"그래?"

메이플이 반문하자 사리가 물론 그렇다며 이유를 말했다.

"메이플은 기습당해도 문제없으니까. 뒤에서 해머로 맞아도 놀라기만 하고 끝나는 건 역시 특권이라고 생각하는데."

"후후후…… 단련하고 있으니까요."

메이플이 그렇게 말하며 웃는다.

"단련해서 그렇게 된다면 누구나 그렇게 하겠지만……. 뭐, 역시 방어 관통 공격은 곤란하니까 그쪽 대책은 필요하려나."

이번 이벤트에서 몇 번인가 직면했던 방어 관통 공격은 메이플에게도 힘들었다.

이번에는 어떻게든 헤쳐 나올 수 있었지만, 다음번에도 잘될 거라고 단언할 수는 없다.

"우…… 그거 말이지. 절대로 뚫리지 않는 몸을 손에 넣을 순 없을까?"

"그런 걸 손에 넣은 시점에서 이미 플레이어가 아닐 것 같은 데……. 애초에 방패를 더 잘 쓰면 되는 거고."

메이플은 그 압도적인 방어력에 너무 기대고 있었다.

그런 이유도 있어서 잘 회피하지 못하고, 방패 사용도 여전히 서툴다.

"연습해 봤지만…… 아직 시간이 걸릴 것 같아. 어려워서."

"내가 한 말이지만, 너무 고민할 필요는 없다고 봐. 부족한 부분은 내가 메꿀 거고, 게다가 즐거운 게 제일이니까!"

사리가 그렇게 말하자 메이플도 귀찮은 생각은 그만뒀다.

"일단 방어 관통 공격 말고는 어떻게든 할 수 있게 방어력을 더 올릴 거야! 어디까지 올릴 수 있을지는 모르겠지만……."

메이플은 그렇게 말하고 앞으로의 방침을 다시 굳혔다.

이미 방어력만 올리는 것 말고, 다른 길을 메이플이 의식할 필요는 없는 것이다.

애초에 메이플이 앞으로 가장 강해지기 위해서 필요한 것은 방어력이 틀림없다.

"그럼 방어 관통 공격을 막는 거랑…… 방어력을 올리는 방법을 찾으러 갈까?"

사리의 제안에 찬성하고, 메이플은 벤치에서 폴짝 일어났다.

두 사람은 한동안 탐색을 그만두겠다고 했지만, 어느새 다음 탐색에 나서려 하고 있었다.

"그럼 어디부터 갈까?"

"우선은 정보를 수집해야지. 메이플에게 도움이 되는 걸 찾으러 가자."

"사리한테 도움이 되는 것도!"

둘이서 이야기하고, 목적지는 우선 마을 중심이 되었다.

그리하여 두 사람은 다시 걷기 시작했다.

길드【단풍나무】가 결성된 후의 이야기

◆ 방어 특화와 버섯 채집. ◆

어느 날. 그날도 메이플은 게임에 로그인해 있었다.

딱히 이렇다 할 목적이 있는 건 아니지만, 빈 시간을 찾아 로그인해서 길드 홈에 얼굴을 내비친 것이다.

"오늘은 뭘 할까."

길드 홈 문을 열고 들어간 메이플이 그대로 걸으면서 생각하고 있는데 누군가의 목소리가 들려왔다.

"아, 메이플. 오늘도 왔구나."

그렇게 말하며 길드 홈 안쪽에서 나타난 사람은 방금 막 뭔가 작업을 끝낸 듯한 이즈였다.

"이즈 씨! 네…… 아, 하지만 할 일은 안 정했어요."

"그럼 부탁을 좀 해도 될까?"

"괜찮아요! 으음, 뭘 할까요……?"

메이플이 물어보자 이즈가 2층 숲속에 있는 버섯과 약초, 나무열매 등의 아이템 이름을 알려주며 채집해 달라고 말했다.

"으음, 특별한 스킬 같은 건……."

"필요 없어. 요리 레시피의 잠금을 풀려면 필요한데 마비를 쓰는 몬스터도 있어서 나 혼자선 힘들어. 물론 보답은 할게!"

"……! 그럼, 완성되면 그 요리를 먹어 보고 싶어요!"

메이플이 그렇게 말하자 이즈가 그 정도는 쉽다고 대답하고 필요한 아이템의 모양을 알 수 있도록 메시지로 사진을 전송했다.

"이거군요……. 좋아, 열심히 찾아올게요!"

메이플은 사진을 확인하고 곧장 길드 홈을 뛰쳐나갔다.

"조심해……. 뭐, 괜찮겠지. 메이플인걸."

이즈는 그렇게 중얼거리고 작게 손을 흔들어 메이플을 배웅했다.

이렇게 해서 길드 홈을 나온 메이플은 이즈가 알려준 장소로 가고자 똑바로 마을에서 필드로 걸어갔다. 그리고 마을 출구로 온 그때. 아는 사람이 마을 밖에서 오는 것이 보였다.

"아, 사리!"

"응? 메이플. 오늘은 레벨업이야?"

"으음, 오늘은 이즈 씨가 부탁해서 재료를 채집하러 가! 사리도 갈래?"

메이플은 맛있는 요리도 만들어 주기로 했다며 웃는 얼굴을 보였다.

"음. 갈까. 레벨업 할 마음도 안 생기는 날이었고."

"후후후, 가끔은 느긋하게 지내야 한다니까—?"

"응, 그러네. 근데 장소는?"

그 말을 들은 메이플이 맵을 켜서 이즈가 알려준 장소를 가리킨다. 그리고 모아야 할 아이템 사진도 같이 사리에게 보여주었다.

"음, 여기! 별로 안 멀어."

"알았어. 천천히 걸어가도 시간은 오래 안 걸리겠네."

"그럼 얘기하면서 걸어가자!"

"응, 좋아."

두 사람은 걸으면서 다음 층은 어떨지, 이런 이벤트가 발견된 것 같다는 등의 이야기를 하다가 목적지에 도착했다.

"어디 보자. 그 사진에 나온 거면 되지?"

"응! 여기엔 비슷한 아이템은 없으니까 금방 알 거래!"

"흩어져서 찾을까. 여기 몬스터는 안 세니까."

"그럼, 조금 있다가 여기 집합하자!"

"오케이."

메이플은 숲 입구로 돌아오자고 말하고 숲속으로 들어갔다.

"나도 찾아야지."

사리도 메이플과 마찬가지로 숲속으로 들어갔다.

그리고 잠시 후, 사리는 충분한 양의 버섯과 약초를 입수하고 한숨 돌리고 있었다.

"슬슬 집합 장소로 돌아갈까."

사리는 입수한 아이템을 확인하고 숲 입구로 돌아왔다.

하지만 그곳에 메이플은 없었다. 사리는 그대로 메이플을 기다려 보았지만 좀처럼 나오지 않는다.

"잠깐 확인하러 가 볼까…… 아무래도 너무 늦는데. 맵에 표시된 걸 보면……."

사리는 맵을 보면서 숲속으로 돌아갔고, 한동안 나아갔을 때 수풀 너머에서 메이플의 목소리가 들려오는 것을 알아차렸다.

"영……차, 메이플-? 으응?"

수풀을 헤치자, 보라색에 빨간 반점이 있어서 딱 보기에도 독이 있는 버섯을 한 손에 들고, 2미터 정도 되는 버섯형 몬스터를 깨물고 있는 메이플이 보였다.

"에엥……?"

"우물……. 앗, 사리! 잠깐 기다려!"

메이플은 그렇게 말하고 마비를 주는 노란 가루를 맞는 것도 아랑곳하지 않으면서 땅에 놓아둔 검은 방패를 줍더니 그대로 휘둘러 【악식】으로 몬스터를 격파한다.

"미안……. 다른 버섯도 발견해서 그만 정신이 없었어."

"이제부터 맛있는 요리도 나올 테니까 그런 건 안 먹어도 되잖아?"

"꽤 맛있었어. 찌릿찌릿해서."

그렇게 말하며 메이플은 들고 있던 보라색 버섯을 입에 털어 넣었다.

"그거 독이잖아!? 난 사양할게."

"아마도……. 하지만 현실에서는 못 먹잖아! 아, 재미있는 맛이거든?"

"본인이 좋아하니까 상관없나? ……뭐, 밖에선 독버섯도 움직이는 버섯도 못 먹나."

"게다가 게임 안에선 배도 안 부르고, 더구나 살도 안 쪄!"

메이플이 그렇게 말하자 사리는 식재료를 다 모았다는 뜻을 전달했다.

"그러니까 슬슬 이상한 버섯 채집은 그만두고 멀쩡하게 맛있는 요리를 먹으러 가자. 그건 나도 먹을 수 있으니까."

"그러네. 나도 잔뜩 모았으니까!"

"안 움직여? 독도 없어?"

메이플이 당연하다는 듯이 고개를 끄덕인다.

"이것도 간식……? 일까."

"사리도 따는 게 어때? 【독 무효】."

"스킬을 따도 그런 식으론 안 쓸걸."

그런 이야기를 하며 두 사람은 이즈가 기다리는 길드 홈으로 돌아갔다.

제3회 이벤트 무렵의 이야기

◆방어 특화와 장비품.◆

메이플과 사리는 제3회 이벤트 도중에 마을 광장에 설치된 벤치에 앉아 현재 장비에 대해 이야기하고 있었다.

지금 두 사람은 이즈가 양털을 바탕으로 만든 장비를 입었다. 움직이기 힘들지는 않을 만큼 복슬복슬한 디자인으로, 메이플은 딱 봐도 알 만큼 기쁜 눈치다.

"잘 어울려, 메이플."

"그래? 고마워! 끙, 계속 장비하고 싶을 정돈데."

메이플이 머리에 쓴 복슬복슬 모자를 만지면서 말한다.

"방어구 성능은 별로 좋지 않으니까, 이벤트가 끝나면 혹시 쓰고 싶을 때가 생기면 쓰는 정도려나. 어디까지나 이벤트를 위한 장비니까 말이야."

사리의 장비도 메이플과 똑같이 하얗고 복슬복슬하다. 메이플과는 달리 사리에게는 평소 장비와 똑같이 머플러도 마련되어 있었다.

"사리도 어울려!"

"그래? 난 그다지 이런 장비는 쓴 적이 없어서 좀 신선해."

그 말을 듣고 메이플은 잠깐 생각을 했다.

"아직 장비가 많지 않으니까. 대부분 검은색 장비로 어떻게 되고, 세고⋯⋯."

"메이플은 그 장비 성능이 뛰어나니까 어쩔 수 없어⋯⋯. 하지만 기왕이면 다양한 장비를 시험해 보는 것도 좋을 거야. 재미있으니까."

"그러네! 그렇게 해 볼까―."

메이플은 마을 상점에서 어떤 방어구를 파는지 떠올리고 있었다.

메이플은 게임이니까 입을 수 있는 장비를 갖고 싶었다.

그런 의미로는 지금 장비가 딱이라고 할 수 있었다.

"게다가 반대로 생각하면 이미 성능에 집착할 필요가 없으니까. 겉보기로 고르고 센 보스 때만 바꿔도 괜찮을 거라고 봐."

"확실히⋯⋯. 그럼 있잖아, 사리는 어디 좋은 장비가 있는지 몰라? 이런 귀여운 장비!"

그렇게 말하고 메이플은 양털로 된 현재 장비를 가리킨다.

사리는 그 말을 듣고 어딘가 그런 장비가 있었는지 지금까지 얻은 정보를 떠올려 보았지만, 딱 들어맞는 것은 생각나지 않았다.

"으음, 이즈 씨에게 부탁하는 게 제일 좋을 것 같지만⋯⋯ 역시 우리끼리 찾아내는 것도 재밌지."

"맞아맞아맞아!"

메이플이 고개를 끄덕끄덕하며 눈을 빛낸다.

그 반응을 본 사리는 조금 웃으면서 벤치에서 일어섰다.

"그럼 게시판에 정보라도 확인하러 가자. 우리가 찾는 장비가 어딘가의 던전에 있을지도 몰라."

"좋은데! 아, 하지만 이벤트 중인데…….”

"그렇게 신경 안 써도 돼, 제일 재밌는 걸 하면 돼."

사리가 그렇게 말하자 메이플은 그도 그렇다며 수긍하고 벤치에서 일어섰다.

"그럼 가자. 어어…… 어디더라?"

정보를 평소 거의 확인하지 않는 메이플은 장소를 몰랐다.

"가끔은 정보를 보는 게 좋을걸? 안 그러면 원하는 장비를 놓칠 거야."

"으…… 그, 그러네! 확인해야지!"

그렇게 말하고 메이플은 정보 확인도 중요한 일이라며 생각을 고친다. 하지만 메이플에게는 재미있는 일들이 눈앞에 잔뜩 펼쳐져 있었다.

그래서 그 후도 그런 것들에 자꾸 눈을 빼앗겨 정보를 보는 걸 그만 깜빡 잊고 말았다.

◆ 방어 특화와 두 사람. ◆

크롬과 카스미는 3층 마을을 둘이서 걷고 있었다.

메이플을 통해 인연이 생겨 둘이서 탐색하는 일도 많아졌다.

3층 마을에서는 하늘을 나는 기계를 여기저기서 파는데, 물론 두 사람도 손에 넣었다. 하지만 특별한 목적 없이 마을을 탐색한다면 하늘을 나는 것보다 걷는 쪽이 편하다.

"메이플 같은 스킬은 그렇게 불쑥 발견되진 않는군……."

"뭐, 당연하다면 당연하겠지."

두 사람은 각자가 알고 있는 메이플의 스킬과 메이플이 일으킨 사건을 떠올리며 쓴웃음을 지었다.

"같은 편이면 든든하지만……. 뭐, 방패 유저인 내 존재감이 희미해지지만 말이야."

"나는 굳이 따지자면 크롬이 더 좋다고 생각한다만?"

그렇게 말하자 크롬은 조금 놀란 듯 카스미를 보았다. 그러자 카스미가 장난스럽게 웃으며 이유를 말했다.

"심장이 편해서. 마음이 편하다."

"그렇군. 나는 머리로 검을 튕겨내는 짓은 안 하지. 아니, 못하는 거지만."

"마찬가지야. 애초에 흉내 낼 수 있는 것도 아니지……."

그런 이야기를 하며 퀘스트를 몇 개인가 확인하고 나서 두 사람은 레벨을 올리러 필드로 나가기로 했다.

현재 3층이 게임의 최전선이라서 필드를 돌아다니는 몬스터도 상당히 강하지만, 정상급 플레이어인 크롬과 카스미라면 문제없이 사냥할 수 있다.

"날아갈까. 마을 밖으로 간다면 그게 편하겠지."

"그래, 그러지."

두 사람은 각자 배낭 타입의 기계를 꺼내 하늘로 날아올랐다.

"설마 시럽에 타는 것 말고도 하늘을 날게 될 줄은 몰랐군."

"그게 비정상이지."

"그렇지……."

두 사람이 그런 이야기를 하는데, 호랑이도 제 말하면 나타나는 법인지 필드로 나가서 잠시 후 멀리서 착각할 수가 없는 모습이 보이기 시작했다.

하늘에 둥실둥실 뜬 커다란 거북이다.

그렇게 특징적인 거북이는 메이플의 동료인 시럽밖에 없다.

"메이플이군……."

"나도 그리 생각한다. 애초에 달리 없지 않나?"

두 사람은 말을 걸려고 떠 있는 거북이 쪽으로 향했다.

기계로 비행하는 게 더 빨라서 금세 거리가 가까워져 거북이 등에 타고 있는 사람 그림자가 보이기 시작했다.

"……? 앗! 여기요–!"

두 사람이 예상한 대로 거기 있는 사람은 메이플이었다. 두 사람은 시럽 위에서 손을 획획 흔드는 메이플에게 다가간다.

"우연이네, 어때? 우리랑 잠깐 몬스터 사냥하러 안 갈래?"

"이 방향으로 날고 있었다면…… 메이플도 레벨업이 목적이겠지?"

크롬과 카스미는 가는 길에 경험치를 올리기 좋은 장소가 있다는 걸 알고 있어서 그렇게 말했다.

"어? 난 그냥 산책…… 산책? 중인데. 그치? 시럽."

메이플은 그렇게 말하고 시럽의 등딱지를 쓰다듬는다. 그 광경에 두 사람은 메이플답다고 생각했다.

"하지만! 그렇다면 거들게요!"

메이플은 크롬을 향해 방패를 쑥 내밀며 의욕을 보인다.

"오, 좋은데! 도움이 되겠어!"

이렇게 해서 크롬 일행은 셋이서 사냥하러 가게 되었다.

하지만 시럽이 있어서 하늘을 나는 기계를 사지 않은 메이플에게 속도를 맞춰야 했던 건 어쩔 수 없었다.

"느려서 미안해요!"

"아니, 괜찮다."

"그래, 나도 문제없어."

""메이플다워.""

"그, 그래? 그런가?"

그런 대화를 나누며 세 사람은 하늘을 날아갔다.

◆ 방어 특화와 만들기. ◆

3층에 있는 메이플 일행의 길드 홈에서는 안쪽에서 쇠를 두드리는 소리가 작게 들려오고 있었다.

메이플의 권유로 길드에 가입한 이즈가 길드 홈 공방으로 거점을 옮겨 작업하고 있었다.

공방에는 대장간 일에 필요한 도구와 완성된 무기, 방어구의 일부가 즐비하다. 이즈는 당장 급한 작업을 마치고 도구를 정리한 다음 공방에서 나왔다.

"후우…… 부탁받은 무기 수리도 끝났고. 잠깐 쉬어야지."

이즈는 길드 홈에 마련된 자기 방으로 돌아가 커피를 1인분 만들고 의자에 앉아 한숨 돌렸다.

이즈의 방에 있는 가구는 거의 전부 직접 만든 것으로, 방 한 구석에는 약초와 포션 재료가 되는 식물이 자라고 있었다.

"해야 하는 일은 끝났지……. 이제 뭘 할까."

이즈는 메이플이 길드에 초대하기 전부터 수많은 플레이어에게 수리와 무기 생산 의뢰를 받았다. 크롬도 그중 한 명이다.

메이플 일행의 장비 수리도 맡아서 할 일이 많아졌다.

하지만 이즈는 그걸 기쁘게 여기고 있었다.

"다들 이미 지금 장비로 충분한 모양이니까……. 하아, 새로운 장비를 만들어 달라고 하지는 않으려나?"

이즈는 3층에 들어오고 나서 메이플과 사리, 카나데에게, 추가로 길드에 새로 들어온 쌍둥이 마이와 유이에게 주려고 짧은 기간에 몇 번이나 장비를 만들었다.

어쩌면 이미 충분히 다양하게 만들었다고 생각하는 사람도 있으리라. 하지만 이즈는 오히려 뭔가 만들고 싶다는 열의가 괜히 커지고 말았다.

"좋아! 우선 잠깐 쉰 다음에 뭔가 하나 만들자! 성능도 좋게 만들면 언젠가 누가 써 주겠지!"

이즈는 좋은 생각을 떠올렸다는 듯이 손을 탁 두드리고 고개를 끄덕끄덕 움직였다. 작업을 마친 뒤에 뭔가 만들러 가는 것이 요즘 이즈의 행동 패턴이었다.

이즈는 얼른 커피를 마셔 버리고 뒷정리한 뒤 가벼운 발걸음으로 공방에 돌아갔다.

그리고 공방에 놓인 자재 보관용 상자를 열었을 때 굳었다.

"…………."

상자에는 이미 변변한 자재가 거의 없었다. 수리하는 정도는 문제없지만, 낭비할 수 없는 양이었다.

"우우…… 크으……."

이즈는 몇 번이나 상자를 확인하지만, 내용물은 그대로다.

공방 안에는 이즈가 어제 신나게 만든 호화 대검이 장식되어 있었다. 그 옆에는 엊그제 만든 창이 세워져 있다. 이즈는 신나게 만들었지만, 이 길드에는 장비할 사람이 없다.

"그렇지…… 그랬지……. 앞으로 있을 이벤트를 생각하면 지금은 오히려 소재를 모아야 하는 거였지."

그리고 이즈는 참 유감스러운 듯이 공방을 나와 무거운 발걸음으로 마을 게시판으로 향했다. 길드 멤버 말고도 소재 수집을 의뢰할 작정이었다.

"나도 소재를 모으러 필드에 나가야 할지도 모르겠네……."

소량만 남은 소재를 떠올리며, 이즈는 그렇게 중얼거렸다.

4층이 추가되고 어느 정도 지난 뒤의 이야기

◆ 방어 특화와 발상. ◆

오늘도 메이플은 4층 마을을 둘러보고 뭔가 새로운 스킬이 없는지 찾고 있었다. 인력거를 타서 느린 이동 속도를 커버하며 목적지로 향한다.

"음, 저쪽은 안 되니까…… 다른 쪽으로 가자."

이렇게 메이플이 정보를 모은 결과, 현재 밝혀진 스킬은 메이플에게는 필요 없거나 취득할 수 없는 것뿐이었다.

"스테이터스가 낮아도 얻을 수 있는 스킬은 없을까……. 으음, 다시 필드에 나가 보자."

4층 마을은 지금까지의 마을보다 넓어서 탐색이 좀처럼 끝나지 않는다. 그리고 당연히 필드도 탐색하지 않고 내버려둘 수는 없었다.

마을 안에서는 【포학】을 쓸 수 없으므로, 메이플은 탈것에 타고 이동해야 한다.

그때마다 드는 비용이 자꾸 쌓이면 무시할 수 없다.

"필드가 더 탐색하기 쉬우니까!"

메이플은 오늘은 필드에 나가기로 하고, 인력거의 행선지를 마을 입구로 지정했다.

"고고! 응응, 역시 빠르네!"

엄청나게 빠르지는 않지만, 메이플이 걷는 것보다는 확실히 빠르다. 메이플은 금세 마을 입구에 도착했다.

"좋아, 어디를 탐색할까! 으응? 저건……."

단단히 벼르던 메이플이 아는 사람이 있다는 걸 알아차리고 다가간다.

"오, 메이플인가. 요전번에는 고마웠어. 어때, 또 성장했어?"

메이플이 본 사람은【염제의 나라】의 검사 신이다. 신도 메이플을 봤는지 말을 걸었다.

크리스마스 때【염제의 나라】멤버들과 같이 사냥한 뒤로 두 길드가 함께 탐색하기도 했다.

"으음, 좋은 스킬을 못 찾았어요. 좀처럼 잘 안 되네요."

"뭐, 너무 잘돼도 곤란하지만 말이야……. 진짜로 못 이기게 될 테니까."

"후후후, 그래도 힘내서 강해질 거예요!"

"이쪽도 설욕할 기회를 기다리면서 성장 중이거든. 그렇게 쉽게는 안 져."

"저도 안 져요-!"

둘이서 잠시 이야기한 뒤, 신은【붕검】을 발동해 검을 공중에 뜬 작은 검으로 바꾸고 레벨업을 위해 몬스터를 사냥하기 시작했다. 메이플도 그 흐름에 말려들어 신과 함께 몬스터를 해치운다.

"그 스킬, 멋있네요…….."

"나도 좋아하는 스킬이야. 그래, 멋지고 세거든!"

그렇게 말한 신이 공중에 뜬 검을 조종해 몬스터를 해치운다.

그 모습을 보고 메이플도 문득 떠오른 듯 이런 질문을 했다.

"그 날아다니는 검에 탈 수도 있나요?"

"허? 아니, 뭐, 탈…… 수 있지 않을까?"

메이플이 물어보자 신은 시험해 본 적이 없어서 뭐라 말하기 어렵다고 대답했다.

"저도 총탄 같은 거에 탈 수만 있으면 더 빨리 움직일 거예요─! 우우…… 할 수 있으면 좋겠다…….."

"하하, 정말로 탈 수 있을지는 모르겠지만."

그렇게 말하고, 신은 생각지 못한 곳에서 새로운 스킬을 취득할 수 있을지도 모를 발상을 얻었다.

후기

 문득 눈에 들어와서 9권을 사 주신 분께, 처음 뵙겠습니다. 기존부터 계속 읽어 주시는 분께, 계속 응원해 주셔서 감사합니다. 안녕하세요, 유우미칸입니다.

 8권 이후로 시간이 흘러 TV 애니메이션이 방영 중입니다. 어떠세요? 즐겁게 보신다면 더없이 기쁠 겁니다. 제가 이렇다 할 뭔가를 한 건 아니지만, TV 애니메이션은 잘 만들었다고 당당하게 말할 수 있습니다. 메이플과 사리의 매력과 흐르는 분위기를 아주 정성껏 표현해 주셔서 고마울 따름입니다.
 만약 TV 애니메이션을 계기로 원작에도 관심을 가져 주신다면 이것도 매우 고마운 일입니다. 원작, 만화, TV 애니메이션의 차이도 즐겨 주시면 기쁘겠습니다. TV 애니메이션에서 목소리가 들어가고 캐릭터가 움직이는 것을 처음 보게 되었는데, 만화 때와는 또 다른 감동이 있었습니다. 원래는 글자뿐이었던 것이 서적이 되고 일러스트가 들어가고, 만화로 세세한 움직임까지 그림으로 그려지고, 지금은 애니메이션에서 움직입니다. 여기까지 올 수 있었던 것이 정말 신기하고, 고맙습니다. 수많은 작품 중에서 여러 사람에게 응원받는 작품으로 이 작품을 선택해 주신 일은 평생 잊지 못하겠지요.

그리고 1월에는 앤솔로지도 발매되었습니다. 다른 분들께 메이플 일행이 어떤 식으로 보이는지, 그리고 어떤 식으로 그려지는지. 원래는 제 안에만 있던 작품을 각각 표현해 주시는 것은 아주 재미있고 다시없을 경험이었습니다. 참가해 주신 분마다 캐릭터 해석이 거의 같기도 하고, 아주 조금씩 다르기도 하고. 이런 부분을 즐길 수 있다는 것이 앤솔로지의 좋은 점이라고 느꼈습니다. 기왕이면 이것도 챙겨 주시면 좋겠습니다.
이번에는 이쯤에서 줄이겠습니다.
TV 애니메이션도, 만화도, 물론 원작도. 앞으로 잘 부탁해요!

이야기가 점점 커지지만.
저는 제가 할 수 있는 일을 계속하려고 합니다.
괜찮으시다면 앞으로의 『방어올인』도 응원해 주세요.
그리고 언젠가 나올 10권에서 만날 날을 기대하겠습니다!

유우미칸

단편 모음 첫 출전

방어 특화와 보스 예상. ······1권 애니메이트 점포 특전

방어 특화와 소재 모으기. ······1권 게이머즈 점포 특전

방어 특화와 관광 도중. ······1권 토라노아나 점포 특전

방어 특화와 이벤트 전. ······2권 게이머즈 점포 특전

방어 특화와 사막으로. ······2권 애니메이트 점포 특전

방어 특화와 재출발. ······2권 토라노아나 점포 특전

방어 특화와 버섯 채집. ······자기만의 이세계를 발견하자! 페어 식욕의 가을

방어 특화와 장비품. ······3권 게이머즈 점포 특전

방어 특화와 두 사람. ······3권 애니메이트 점포 특전

방어 특화와 만들기. ······3권 토라노아나 점포 특전

방어 특화와 발상. ······5권 TSUTAYA 점포 특전

아픈 건 싫으니까 방어력에 올인하려고 합니다. 9

2022년 11월 15일 제1판 인쇄
2022년 11월 25일 제1판 발행

지음 유우미칸 | **일러스트** 코인

옮김 박수진

발행 영상출판미디어(주)
등록번호 제 2002-000003호
주소 21315 인천광역시 부평구 부평대로 283 A동 702호
전화 032-505-2973(代) | FAX 032-505-2982

ISBN 979-11-380-1856-2
ISBN 979-11-319-9451-1 (세트)

ITAINO WA IYA NANODE BOGYORYOKU NI KYOKUFURI SHITAITO OMOIMASU. Vol.9
ⓒYuumikan, Koin 2020
First published in Japan in 2020 by KADOKAWA CORPORATION, Tokyo.
Korean translation rights arranged with KADOKAWA CORPORATION, Tokyo.

구매 시 파손된 도서는 구매처에서 교환하실 수 있습니다.
기타 불편사항, 문의사항이 있으신 독자님께서는 노블엔진 홈페이지
[http://novelengine.com] 에서 Q&A 게시판을 이용해 주시기 바랍니다.

마침내 여덟 명째 아이도 합류……?!
애니메이션 시즌 2 방영도 결정된 인기 이세계 판타지, 제25탄!

이세계는 스마트폰과 함께.

25

세계 규모의 마도 열차가 완성되어 개통식에 초대받은 토야 가족.
열차를 타고 여행을 즐기면서 행사도 문제없이 진행되는 가운데
토야의 '아이들' 중 한 명이 브륀힐드의 성 아랫마을에 나타났다는 정보가 들어온다.
과연 합류한 아이는 누구의 아이일까.
그리고 보이지 않는 곳에서 굼실거리는 새로운 음모는 아직 보지 못한 '아이'와도 엮이는데?!

대인기 유유자적 판타지 제25권!

Patora Fuyuhara / HOBBY JAPAN

후유하라 파토라 지음 / 우사츠카 에이지 일러스트

영상출판
미디어㈜

슬라임을 잡으면서 300년, 모르는 사이에 레벨MAX가 되었습니다
1~16

회사의 노예처럼 일하다가 죽고, 여신의 은총으로 불로불사의 마녀가 되었습니다.
이전 생을 반성하고, 새로운 생에서는 슬로 라이프를 결심해
돈에도 집착하지 않고 하루하루 슬라임만 잡으면서 느긋하게 300년을 살았더니——
레벨99 = 세계 최강이 되어 있었습니다?!
그 소문이 퍼지고, 호기심에 몰려드는 모험가, 결투하자고 덤비는 드래곤,
급기야 나를 엄마라고 부르는 딸까지 찾아오는데 말이죠——.

모리타 키세츠 지음 / 베니오 일러스트

영상출판
미디어㈜

리빌드 월드

1〈상·하〉~2〈상·하〉

옛 문명의 유산을 찾아서 수많은 유적에 헌터들이 몰리는 세계.
슬럼의 소년 아키라는 풋내기 헌터가 되어서 목숨을 걸고 구세계의 유적에 첫발을 내디딘다.
그곳에서 아키라가 마주친 것은 유령처럼 배회하는 정체불명의 미녀 〈알파〉.
알파는 아키라가 유적을 공략하게 도와주는 대신, 특별한 의뢰를 요청하는데——?

의지와 각오를 품고, 소년이여 날아올라라!
옛 문명의 유적을 둘러싼 헌터들의 뜨거운 SF 배틀 액션!

나후세 지음 / 긴, 와잇슈 일러스트

영상출판
미디어㈜

악역영애 레벨 99
~히든 보스는 맞지만 마왕은 아니에요~
1~4

RPG 스타일 여성향 게임에서 엔딩 후에 엄청 강하게
재등장하는 히든 보스, 악역영애 유미엘라로 전생했다?!
그것도 모자라 초반부터 레벨업에 몰두해 입학 시점에서 레벨 99를 찍고 말았다!!
평화로운 일상은 바이바이~ 사람들은 무서워하고, 주인공 일행들은
아예 부활한 마왕이라고 의심하는데……?!

아무튼 내가 최강이니 아무래도 좋은 마이 페이스 전생 스토리!

Satori Tanabata, Tea
KADOKAWA CORPORATION

타나바타 사토리 지음 / Tea 일러스트